速攻
初級韓語

한국어 기초 문법을 공략하자!

想學好生活韓語，先攻略基礎語法吧！

本書包含了詳細的説明、大量的例句範例、
單字詞彙整理、羅馬拼音輔助發音

雅典韓研所/企編

附40音發音表

想學好外語
最重要的部分就是語法

只要弄懂幾項初級語法
一般的生活會話絕對難不倒你

最簡單、最好學的韓語基礎語法
通通收錄在本書！

韓文字是由基本母音、基本子音、複合母音、氣音和硬音所構成。

其組合方式有以下幾種：

1.子音加母音，例如：저(我)
2.子音加母音加子音，例如：밤（夜晚）
3.子音加複合母音，例如：위（上）
4.子音加複合母音加子音，例如：관（官）
5.一個子音加母音加兩個子音，如：값（價錢）

簡易拼音使用方式：

1. 為了讓讀者更容易學習發音，本書特別使用「簡易拼音」來取代一般的羅馬拼音。
   規則如下，
   例如：
   그러면 우리 집에서 저녁을 먹자.
   geu.reo.myeon/u.ri/ji.be.seo/jeo.nyeo.geul/meok.jja
   ----------普遍拼音
   geu.ro*.myo*n/u.ri/ji.be.so*/jo*.nyo*.geul/mo*k.jja
   ----------簡易拼音
   那麼，我們在家裡吃晚餐吧！

   文字之間的空格以「 / 」做區隔。
   不同的句子之間以「 // 」做區隔。

基本母音：

	韓國拼音	簡易拼音	注音符號
ㅏ	a	a	ㄚ
ㅑ	ya	ya	ㄧㄚ
ㅓ	eo	o*	ㄛ
ㅕ	yeo	yo*	ㄧㄛ
ㅗ	o	o	ㄡ
ㅛ	yo	yo	ㄧㄡ
ㅜ	u	u	ㄨ
ㅠ	yu	yu	ㄧㄨ
ㅡ	eu	eu	(ㄜ)
ㅣ	i	i	ㄧ

特別提示：

1. 韓語母音「ㅡ」的發音和「ㄜ」發音有差異，但嘴型要拉開，牙齒快要咬住的狀態，才發得準。
2. 韓語母音「ㅓ」的嘴型比「ㅗ」還要大，整個嘴型要張開成「大O」的形狀，
   「ㅗ」的嘴型則較小，整個嘴巴縮小到只有「小o」的嘴型，類似注音「ㄡ」。
3. 韓語母音「ㅕ」的嘴型比「ㅛ」還要大，整個嘴巴要張開成「大O」的形狀，
   類似注音「ㄧㄛ」，「ㅛ」的嘴型則較小，整個嘴巴縮小到只有「小o」的嘴型，類似注音「ㄧㄡ」。

基本子音：

	韓國拼音	簡易拼音	注音符號
ㄱ	g,k	k	ㄎ
ㄴ	n	n	ㄋ
ㄷ	d,t	d,t	ㄊ
ㄹ	r,l	l	ㄌ
ㅁ	m	m	ㄇ
ㅂ	b,p	p	ㄆ
ㅅ	s	s	ㄙ,(ㄒ)
ㅇ	ng	ng	不發音
ㅈ	j	j	ㄗ
ㅊ	ch	ch	ㄘ

特別提示：

1. 韓語子音「ㅅ」有時讀作「ㄙ」的音，有時則讀作「ㄒ」的音。「ㄒ」音是跟母音「ㅣ」搭在一塊時，才會出現。

2. 韓語子音「ㅇ」放在前面或上面不發音；放在下面則讀作「ng」的音，像是用鼻音發「嗯」的音。

3. 韓語子音「ㅈ」的發音和注音「ㄗ」類似，但是發音的時候更輕，氣更弱一些。

氣音：

	韓國拼音	簡易拼音	注音符號
ㅋ	k	k	ㄎ
ㅌ	t	t	ㄊ
ㅍ	p	p	ㄆ
ㅎ	h	h	ㄏ

特別提示：

1. 韓語子音「ㅋ」比「ㄱ」的較重，有用到喉頭的音，音調類似國語的四聲。
   ㅋ＝ㄱ＋ㅎ

2. 韓語子音「ㅌ」比「ㄷ」的較重，有用到喉頭的音，音調類似國語的四聲。
   ㅌ＝ㄷ＋ㅎ

3. 韓語子音「ㅍ」比「ㅂ」的較重，有用到喉頭的音，音調類似國語的四聲。
   ㅍ＝ㅂ＋ㅎ

複合母音：

	韓國拼音	簡易拼音	注音符號
ㅐ	ae	e*	ㅔ
ㅒ	yae	ye*	一ㅔ
ㅔ	e	e	ㄟ
ㅖ	ye	ye	一ㄟ
ㅘ	wa	wa	ㄨㄚ
ㅙ	wae	we*	ㄨㅔ
ㅚ	oe	we	ㄨㄟ
ㅞ	we	we	ㄨㄟ
ㅝ	wo	wo	ㄨㄛ
ㅟ	wi	wi	ㄨ一
ㅢ	ui	ui	ㄜ一

特別提示：

1. 韓語母音「ㅐ」比「ㅔ」的嘴型大，舌頭的位置比較下面，發音類似「ae」；「ㅔ」的嘴型較小，舌頭的位置在中間，發音類似「e」。不過一般韓國人讀這兩個發音都很像。

2. 韓語母音「ㅒ」比「ㅖ」的嘴型大，舌頭的位置比較下面，發音類似「yae」；「ㅖ」的嘴型較小，舌頭的位置在中間，發音類似「ye」。不過很多韓國人讀這兩個發音都很像。

3. 韓語母音「ㅚ」和「ㅞ」比「ㅙ」的嘴型小些，「ㅙ」的嘴型是圓的；「ㅚ」、「ㅞ」則是一樣的發音。不過很多韓國人讀這三個發音都很像，都是發類似「we」的音。

硬音：

	韓國拼音	簡易拼音	注音符號
ㄲ	kk	g	《
ㄸ	tt	d	ㄉ
ㅃ	pp	b	ㄅ
ㅆ	ss	ss	ㄙ
ㅉ	jj	jj	ㄗ

特別提示：

1. 韓語子音「ㅆ」比「ㅅ」用喉嚨發重音，音調類似國語的四聲。
2. 韓語子音「ㅉ」比「ㅈ」用喉嚨發重音，音調類似國語的四聲。

*表示嘴型比較大

第一章　基本觀念篇

018　敘述型終結語尾 - (ㅂ)습니다
019　動詞 + (ㅂ)습니다.
021　形容詞 + (ㅂ)습니다.
023　이다(是) + ㅂ니다.
025　아니다(不是) + ㅂ니다.
027　疑問型終結語尾 - (ㅂ)습니까?
028　動詞 + (ㅂ)습니까?
030　形容詞 + (ㅂ)습니까?
032　이다(是) + ㅂ니까?
034　아니다(不是) + ㅂ니까?
036　非格式體尊敬型終結語尾 - 아/어요.
037　動詞 + 아/어요.
039　形容詞 + 아/어요.
041　이다(是) + 아/어요.
043　아니다(不是) + 아/어요.
045　韓語句型 1 - 主語 + 敘述名詞 + 이다
048　韓語句型 2 - 主語 + 形容詞
051　韓語句型 3 - 主語 + 自動詞
054　韓語句型 4 - 主語 + 受格名詞 + 他動詞

第二章　名詞篇

058　名詞
062　普通名詞＆專有名詞

064 代名詞
074 有情名詞＆無情名詞
076 數詞
088 依存名詞
090 敘述格助詞

第三章 動詞篇

094 動詞
096 動詞分類
101 動詞過去式 - 았/었/였
103 動詞未來式 - (으)ㄹ 것이다
105 動詞未來式 - 겠
107 動詞現在進行式 - 고 있다
109 祈使句 - (으)십시오.
111 勸誘句 - (으)ㅂ시다.
113 動詞否定形 - 지 않다
115 動詞否定形 - 지 못하다
117 動詞冠詞形 - V + 는 N
119 動詞冠詞形 - V + (으)ㄴ N
121 動詞冠詞形 - V + (으)ㄹ N

第四章 形容詞篇

124 形容詞
126 形容詞分類

132 形容詞過去式 - 았/었/였

134 形容詞未來式 - (으)ㄹ 것이다

136 形容詞否定形 - 지 않다

138 形容詞冠詞形 - A + (으)ㄴ N

140 形容詞轉副詞形 - 게

142 形容詞轉動詞形 - 아/어지다

第五章　動詞、形容詞不規則變化

146 ㄹ不規則變化

148 르不規則變化

150 ㅂ不規則變化

152 ㄷ不規則變化

154 ㅎ不規則變化

156 ㅅ不規則變化

158 ㅡ不規則變化

第六章　助詞篇

162 - 이/가

164 - 은/는

166 - 을/를

168 - 도

170 - 의

172 - 하고

174 - 와/과

176　- 에 ①時間

178　- 에 ②地點

180　- (으)로

182　- (이)나　①選擇

184　- (이)나　②數量

186　- 에서

188　- 에서 까지

190　- 에게/한테/께

192　- 에게서/한테서/께

194　- 에　③歸著點

196　- 만

198　- 밖에

200　- 같이

202　- 처럼

204　- 쯤

206　- 보다

208　- 마다

第七章　連結語尾

212　- 고　和 / 而且

214　- 고　然後...

216　- (으)며　並列

218　- 거나　或者...

220　- 다가　中斷 / 轉換

222　- (으)면　如果...

224 - (으)려면　想要...的話...

226 - (으)러 가다　去...做某事

228 - (으)려고　為了...而...

230 - 아/어서　①因為...所以...

232 - 아/어서　②...然後...

234 - 자마자　一...就...

236 - (으)니까　因為...所以...

238 - (으)므로　由於 / 因此...

240 - (으)ㄴ/는데　①可是... / 然而...

242 - (으)ㄴ/는데　②背景說明

244 - 지만　雖然... / 但是...

246 - (으)면서　一邊...一邊...

248 - 아/어도　就算... / 即使...

第八章　終結語尾

252 - (으)ㄹ까요?　要不要一起...?

254 - 자.　...吧。

256 - (으)시지요.　請...吧。

258 - (으)세요.　請你(做)...

260 - (으)ㄹ게요.　我來... / 我會...

262 - (으)ㄹ래요.　我要... / 要不要...?

264 - 지요　...吧?

266 - 네요.　真是...呢!

268 - 군요　...啊! / ...耶!

270 - 나요? / - (으)ㄴ가요?　...嗎? / ...呢?

274 - 고 싶다　想要...

276 - (으)면 좋겠다　希望...

278 - (으)ㄹ 수 있다　可以...

280 - 기 전에　在做...之前

282 - (으)ㄴ 후에　在做...之後

284 - 는 동안　在...的期間

286 - (으)ㄹ 때　做...的時候

288 - 기 때문에　因為... / 由於...

290 - 기 위해(서)　為了...

292 - (으)ㄴ/는/(으)ㄹ 것 같다　好像...

294 - (으)ㄴ지 N 되다　從...至今...

296 - 아/어야 되다　必須... / 應該...

298 - (으)ㄴ 적이 있다　曾經...

300 - 아/어도 되다　可以...

302 - (으)면 안 되다　不能... / 禁止...

304 - (으)ㄹ 줄 알다　會... / 能夠...

306 - (으)려고 하다　打算(做)...

308 - 기로 하다　決定(做)...

310 - 아/어 보다　試著...

312 - 아/어 주다　給...做...

詞性簡稱說明

名詞	[名]
形容詞	[形]
動詞	[動]
副詞	[副]
慣用語	[慣]
數詞	[數]
代名詞	[代]
冠形詞	[冠]
感嘆詞	[嘆]
地名	[地]
詞組	[詞組] 由兩個以上的詞彙所組成的常用句

Chapter 1
基礎觀念篇

敍述型終結語尾
−(ㅂ)습니다

重點說明

1. 為格式體尊敬形終結語尾,使用在相當正式的場合上,例如演講、開會、播報新聞、生意場合,以及和長輩談話等。

2. 為韓語現在式,表示現在所發生的事情、動作或狀態。

3. 其形態有「−습니다」和「−ㅂ니다」,可以接在動詞、形容詞、이다的後方,當作尊敬型敍述句。

➤ 例句參考

> ### 세경 씨가 서울에 갑니다.
> se.gyo*ng/ssi.ga/so*.u.re/gam.ni.da
> 世京去首爾。

> ### 오늘도 너무 바쁩니다.
> o.neul.do/no*.mu/ba.beum.ni.da
> 今天也很忙。

> ### 시간이 없습니다.
> si.ga.ni/o*p.sseum.ni.da
> 沒有時間。

動詞＋(ㅂ)습니다.

➤ 例句參考

동생은 신문을 읽습니다.

dong.se*ng.eun/sin.mu.neul/ik.sseum.ni.da

弟弟看報紙。

화장품과 옷을 삽니다.

hwa.jang.pum.gwa/o.seul/ssam.ni.da

買化妝品和衣服。

일곱 시에 저녁을 먹습니다.

il.gop/si.e/jo*.nyo*.geul/mo*k.sseum.ni.da

七點吃晚餐。

친구가 한국어를 공부합니다.

chin.gu.ga/han.gu.go*.reul/gong.bu.ham.ni.da

朋友學習韓語。

語法解析

如果要敘述現在的動作，可以在動詞語幹後方接上尊敬型終結語尾(ㅂ)습니다，有尾音的語幹後方接－습니다；沒有尾音的語幹後方接－ㅂ니다。

例一：읽다(읽為語幹　다為語尾)

읽다(讀)→읽＋습니다→읽습니다.

讀。

例二：가다(가為語幹　다為語尾)

가다(去)→가＋ㅂ니다→갑니다.

去。

例三：운전하다(하為語幹　다為語尾)

운전하다(開車)→운전하＋ㅂ니다→운전합니다.

開車。

例四：듣다(듣為語幹　다為語尾)

듣다(聽)→듣＋습니다→듣습니다.

聽。

形容詞＋(ㅂ)습니다.

➤ 例句參考

요즘 날씨가 좋습니다.

yo.jeum/nal.ssi.ga/jo.sseum.ni.da

最近天氣很好。

오늘 기분이 나쁩니다.

o.neul/gi.bu.ni/na.beum.ni.da

今天心情很差。

할아버지가 매우 건강합니다.

ha.ra.bo*.ji.ga/me*.u/go*n.gang.ham.ni.da

爺爺很健康。

고양이가 귀엽습니다.

go.yang.i.ga/gwi.yo*p.sseum.ni.da

貓咪很可愛。

語法解析

如果要敘述現在的狀態，可以在形容詞語幹後方接上尊敬型終結語尾(ㅂ)습니다，有尾音的語幹後方接－습니다；沒有尾音的語幹後方接－ㅂ니다。

例一：좋다(좋為語幹，다為語尾)
좋다(好)→좋＋습니다→좋습니다
好。

例二：예쁘다(쁘為語幹，다為語尾)
예쁘다(漂亮)→예쁘＋ㅂ니다→예쁩니다
漂亮。

例三：건강하다(하為語幹，다為語尾)
건강하다(健康)→건강하＋ㅂ니다→건강합니다.
健康。

例四：있다(있為語幹，다為語尾)
있다(有)→있＋습니다→있습니다
有。

이다(是)＋ㅂ니다.

➤ 例句參考

저는 회사원입니다.

jo*.neun/hwe.sa.wo.nim.ni.da

我是上班族。

여기는 시장입니다.

yo*.gi.neun/si.jang.im.ni.da

這裡是市場。

이것이 카메라입니다.

i.go*.si/ka.me.ra.im.ni.da

這是相機。

그 사람은 제 동료입니다.

geu/sa.ra.meun/je/dong.nyo.im.ni.da

那個人是我的同事。

語法解析

韓語中的「是」為이다，如果要敘述某一事物為何時，就使用「名詞＋이다」的句型。接著在이다的語幹後方，接上ㅂ니다，表示有禮貌地敘述。

例一：이다(이為語幹，다為語尾)
이다(是)→이 + ㅂ니다→입니다
是。

例二：有尾音名詞 + 입니다
학생(學生)→학생 + 입니다→학생입니다.
是學生。

例三：無尾音名詞 + 입니다
고양이(貓)→고양이 + 입니다→고양이입니다
是貓咪。

아니다(不是)＋ㅂ니다.

➤ 例句參考

누나는 간호사가 아닙니다.

nu.na.neun/gan.ho.sa.ga/a.nim.ni.da

姊姊不是護士。

이것은 콜라가 아닙니다.

i.go*.seun/kol.la.ga/a.nim.ni.da

這不是可樂。

저는 남자가 아닙니다.

jo*.neun/nam.ja.ga/a.nim.ni.da

我不是男生。

그것은 만화책이 아닙니다.

geu.go*.seun/man.hwa.che*.gi/a.nim.ni.da

那不是漫畫書。

語法解析

韓語中的「不是」為아니다，如果要否定某一事物為何時，就使用「名詞＋이/가＋아니다」的句型。接著在아니다的語幹後方，接上ㅂ니다，表示有禮貌地敘述。

例一：아니다(니為語幹　다為語尾)
아니다(不是)→아니＋ㅂ니다→아닙니다
不是。

例二：有尾音名詞＋이＋아닙니다
학생(學生)→학생＋이＋아닙니다→학생이 아닙니다
不是學生。

例三：無尾音名詞＋가＋아닙니다
고양이(貓)→고양이＋가＋아닙니다→고양이가 아닙니다
不是貓咪。

➤ 本單元詞彙

여기　yo*.gi　［代］這裡
시장　si.jang　［名］市場
시간　si.gan　［名］時間
선생님　so*n.se*ng.nim　［名］老師
오늘　o.neul　［名］今天
저녁　jo*.nyo*k　［名］晚上／晚餐

疑問型終結語尾
−(ㅂ)습니까?

重點說明

1. 為格式體尊敬形終結語尾，使用在相當正式的場合上，例如演講、開會、播報新聞、生意場合，以及和長輩談話等。

2. 其形態有「−습니까?」和「−ㅂ니까?」，可以接在動詞、形容詞、이다的後方，當作尊敬型疑問句。

➤ 應用會話一

A：이것이 무엇입니까?

i.go*.si/mu.o*.sim.ni.ga

這是什麼？

B：과자입니다.

gwa.ja.im.ni.da

是餅乾。

➤ 應用會話二

A：지금 어디에 갑니까?

ji.geum/o*.di.e/gam.ni.ga

你現在要去哪裡？

B：회사에 갑니다.

hwe.sa.e/gam.ni.da

我去公司。

動詞＋(ㅂ)습니까?

➤ 應用會話一

A : 미국 드라마를 봅니까?

mi.guk/deu.ra.ma.reul/bom.ni.ga

你看美國連續劇嗎？

B : 아니요. 한국 드라마를 봅니다.

a.ni.yo//han.guk/deu.ra.ma.reul/bom.ni.da

不，我看韓國連續劇。

➤ 應用會話二

A : 영어 신문을 읽습니까?

yo*ng.o*/sin.mu.neul/ik.sseum.ni.ga

你讀英文報紙嗎？

B : 아니요. 한국 신문을 읽습니다.

a.ni.yo//han.guk/sin.mu.neul/ik.sseum.ni.da

不，我讀韓國報紙。

語法解析

如果要詢問現在的動作，可以在動詞語幹後方接上尊敬型終結語尾(ㅂ)습니까?，有尾音的語幹後方接－습니까?；沒有尾音的語幹後方接－ㅂ니까?。

例一：읽다(읽為語幹，다為語尾)
읽다(讀)→읽＋습니까?→읽습니까?
讀嗎？

例二：가다(가為語幹，다為語尾)
가다(去)→가＋ㅂ니까?→갑니까?
去嗎？

例三：운전하다(하為語幹，다為語尾)
운전하다(開車)→운전하＋ㅂ니까?→운전합니까?
開車嗎？

例四：듣다(듣為語幹，다為語尾)
듣다(聽)→듣＋습니까?→듣습니까?
聽嗎？

例五：보다(보為語幹，다為語尾)
보다(看)→보＋ㅂ니까?→봅니까?
看嗎？

形容詞＋(ㅂ)습니까?

➤ 應用會話一

A：다리가 아픕니까?

da.ri.ga/a.peum.ni.ga

你的腿痛嗎？

B：아니요, 안 아픕니다.

a.ni.yo//an/a.peum.ni.da

不，不痛。

➤ 應用會話二

A：우산이 어디에 있습니까?

u.sa.ni/o*.di.e/it.sseum.ni.ga

雨傘在哪裡？

B：우산은 거기에 있습니다.

u.sa.neun/go*.gi.e/it.sseum.ni.da

雨傘在那裡。

語法解析

如果要詢問現在的狀態，可以在形容詞語幹後方接上尊敬型終結語尾(ㅂ)습니까?，有尾音的語幹後方接－습니까?；沒有尾音的語幹後方接－ㅂ니까?。

例一：좋다(좋為語幹，다為語尾)

좋다(好)→좋 + 습니까?→좋습니까?

好嗎？

例二：예쁘다(쁘為語幹，다為語尾)

예쁘다(漂亮)→예쁘 + ㅂ니까?→예쁩니까?

漂亮嗎？

例三：건강하다(하為語幹，다為語尾)

건강하다(健康)→건강하 + ㅂ니까?→건강합니까?

健康嗎？

例四：있다(있為語幹，다為語尾)

있다(有)→있 + 습니까?→있습니까?

有嗎？

例五：아프다(프為語幹，다為語尾)

아프다(痛)→아프 + ㅂ니까?→아픕니까?

痛嗎？

이다(是)＋ㅂ니까?

➤ 應用會話一

A：저것은 사진입니까?

jo*.go*.seun/sa.ji.nim.ni.ga

那個是照片嗎？

B：아니요. 사진이 아닙니다. 그림입니다.

a.ni.yo//sa.ji.ni/a.nim.ni.da//geu.ri.mim.ni.da

不，不是照片，是圖畫。

➤ 應用會話二

A：당신은 누구입니까?

dang.si.neun/nu.gu.im.ni.ga

您是誰？

B：저는 준수 씨의 동료입니다.

jo*.neun/jun.su/ssi.ui/dong.nyo.im.ni.da

我是俊秀的同事。

語法解析

韓語中的「是」為이다，如果要詢問某一事物為何時，就使用「名詞＋이다」的句型。接著在이다的語幹後方，接上ㅂ니까?，表示有禮貌地詢問。

例一：이다(이為語幹，다為語尾)
이다(是)→이＋ㅂ니까?→입니까?
是嗎？

例二：有尾音名詞＋입니까?
학생(學生)→학생＋입니까?→학생입니까?
是學生嗎？

例三：無尾音名詞＋입니까?
고양이(貓)→고양이＋입니까?→고양이입니까?
是貓咪嗎？

例四：有尾音名詞＋입니까?
돈(錢)→돈＋입니까?→돈입니까?
是錢嗎？

아니다(不是)＋ㅂ니까?

► 應用會話一

A : 한국 분이 아닙니까?

han.guk/bu.ni/a.nim.ni.ga

您不是韓國人嗎？

B : 아닙니다. 대만 사람입니다.

a.nim.ni.da//de*.man/sa.ra.mim.ni.da

不是，我是台灣人。

► 應用會話二

A : 그건 맥주가 아닙니까?

geu.go*n/me*k.jju.ga/a.nim.ni.ga

那不是啤酒嗎？

B : 네, 맥주입니다.

ne//me*k.jju.im.ni.da

是的，是啤酒。

語法解析

韓語中的「不是」為아니다，如果要詢問某一事物是否非某物時，就使用「名詞＋이/가＋아니다」的句型。接著在아니다的語幹後方，接上ㅂ니까?，表示有禮貌地詢問。

例一：아니다(니為語幹，다為語尾)

아니다(不是)→아니＋ㅂ니까?→아닙니까?
不是嗎?

例二：有尾音名詞＋이＋아닙니까?

학생(學生)→학생＋이＋아닙니까?→학생이 아닙니까?
不是學生嗎?

例三：無尾音名詞＋가＋아닙니까?

고양이(貓)→고양이＋가＋아닙니까?→고양이가 아닙니까?
不是貓咪嗎?

➤ **本單元詞彙**

우산　u.san　[名] 雨傘
거기　go*.gi　[代] 那裡
있다　it.da　[形] 在
당신　dang.sin　[代] 您
다리　da.ri　[名] 腿
아프다　a.peu.da　[形] 痛/不適
안　an　[副] 不

非格式體尊敬型終結語尾 —아/어요.

重點說明

1. 為對聽話者表示尊敬的終結語尾，和格式體尊敬形的「(ㅂ)습 니다」相比，雖然較不正式，卻是韓國人日常生活中最常用的 尊敬形態。

2. 為韓語現在式，表示現在所發生的事情、動作或狀態。

3. 可以使用在敘述句和疑問句上，若使用在疑問句上，句尾音調 要上揚。

4. 可以接在動詞、形容詞和이다的後方，表示尊敬敘述或尊敬疑問。

➤ 例句參考

집에서 영화를 봐요.
ji.be.so*/yo*ng.hwa.reul/bwa.yo
在家裡看電影。

언니의 머리가 길어요.
o*n.ni.e/mo*.ri.ga/gi.ro*.yo
姊姊的頭髮很長。

우리 반 학생들이 아주 착해요.
u.ri/ban/hak.sse*ng.deu.ri/a.ju/cha.ke*.yo
我們班學生很乖。

動詞＋아/어요.

➤ 例句參考

기차가 잘 달려요.

gi.cha.ga/jal/dal.lyo*.yo

火車跑很快。

미연 씨가 고향에 돌아가요.

mi.yo*n/ssi.ga/go.hyang.e/do.ra.ga.yo

美妍回故鄉。

날마다 공원에 가서 운동해요.

nal.ma.da/gong.wo.ne/ga.so*/un.dong.he*.yo

我每天去公園運動。

비가 많이 와요.

bi.ga/ma.ni/wa.yo

下大雨。

語法解析

如果要敘述現在的動作，可以在動詞語幹後方接上尊敬型終結語尾아/어요。

1.動詞語幹的母音是「ㅏ.ㅗ」時，就接아요。

例一：만나다(見面)

　　　만나 + 아요(相同母音結合為一)→만나요.

例二：보다(看)

　　　보 + 아요(結合成複合母音ㅘ)→봐요.

2.動詞語幹的母音不是「ㅏ.ㅗ」時，就接「어요」。

例一：주다(給)

　　　주 + 어요(結合成複合母音ㅝ)→줘요.

例二：먹다(吃)

　　　먹 + 어요→먹어요.

例三：달리다(奔馳)

　　　달리 + 어요(母音ㅣ + 母音ㅓ→ㅕ)→달려요.

3.屬於하다類的詞彙時，就接「여요」，兩者會結合成「해요」的型態。

例如：운전하다(開車)

　　　운전하 + 여요→운전해요.

形容詞＋아/어요.

➤ **例句參考**

날씨가 좋아요.

nal.ssi.ga/jo.a.yo

天氣很好。

글씨가 매우 작아요.

geul.ssi.ga/me*.u/ja.ga.yo

字很小。

여자친구가 우리 집에 있어요.

yo*.ja.chin.gu.ga/u.ri/ji.be/i.sso*.yo

女朋友在我們家。

바다가 넓어요.

ba.da.ga/no*p.o*.yo

大海很寬廣。

語法解析

如果要敘述現在的狀態，可以在形容詞語幹後方接上尊敬型終結語尾아/어요。

1.形容詞語幹的母音是「ㅏ.ㅗ」時，就接아요。

例一：좋다(好)

　　　좋 + 아요→좋아요.

例二：작다(小)

　　　작 + 아요→작아요.

2.形容詞語幹的母音不是「ㅏ.ㅗ」時，就接「어요」。

例一：있다(有 / 在)

　　　있 + 어요→있어요.

例二：넓다(寬廣)

　　　넓 + 어요→넓어요.

3.屬於하다類的詞彙時，就接「여요」，兩者會結合成「해요」的型態。

例如：건강하다(健康)

　　　건강하 + 여요→건강해요.

이다(是)＋아/어요.

➤ **例句參考**

박준영 씨는 의사예요.

bak.jju.nyo*ng/ssi.neun/ui.sa.ye.yo

朴俊英是醫生。

그 분은 경찰관이에요.

geu/bu.neun/gyo*ng.chal.gwa.ni.e.yo

他是警察。

그것은 제 가방이에요.

geu.go*.seun/je/ga.bang.i.e.yo

那是我的包包。

이것은 돼지고기예요.

i.go*.seun/dwe*.ji.go.gi.ye.yo

這是豬肉。

語法解析

1.韓語中的「是」為이다，如果要敘述某一事物為何時，可以使用「名詞 + 이다」的句型。

2.在이다的語幹後方，接上아/어요，會變成「예요」或「이에요」的型態。

3.이다前面的名詞以母音結束(沒有尾音)，就接예요
例一：친구(朋友)
　　　친구 + 예요→친구예요.　是朋友
例二：의사(醫生)
　　　의사 + 예요→의사예요.　是醫生

4.이다前面的名詞是以子音結束(有尾音)，則接이에요。
例一：경찰관(警察)
　　　경찰관 + 이에요→경찰관이에요.　是警察
例二：가방(包包)
　　　가방 + 이에요→가방이에요.　是包包

아니다(不是)＋아/어요.

➤ 例句參考

그녀는 대학생이 아니에요.

geu.nyo*.neun/de*.hak.sse*ng.i/a.ni.e.yo

她不是大學生。

당신은 혼자가 아니에요.

dang.si.neun/hon.ja.ga/a.ni.e.yo

你不是一個人。

저곳은 백화점이 아니에요.

jo*.go.seun/be*.kwa.jo*.mi/a.ni.e.yo

那裡不是百貨公司。

저는 여기 직원이 아니에요.

jo*.neun/yo*.gi/ji.gwo.ni/a.ni.e.yo

我不是這裡的職員。

語法解析

1.韓語中的「不是」為아니다，如果要否定某一事物為何時，就使用「名詞 + 이/가 + 아니다」的句型。

2.在아니다的語幹後方，接上아/어요，會變成「아니에요」的型態。

例一：有尾音名詞 + 이 + 아니에요

　　　대학생(大學生)→대학생 + 이 + 아니에요

　　　→대학생이 아니에요.　不是學生

例二：無尾音名詞 + 가 + 아니에요

　　　혼자(獨自)→혼자 + 가 + 아니에요

　　　→혼자가 아니에요.　不是一個人

➤ **本單元詞彙**

보다　bo.da　[動] 看／見面

길다　gil.da　[形] 長

아주　a.ju　[副] 很／非常

착하다　cha.ka.da　[形] 善良／乖

달리다　dal.li.da　[動] 奔跑／疾駛

돌아가다　do.ra.ga.da　[動] 回去

운동하다　un.dong.ha.da　[動] 運動

날마다　nal.ma.da　[副][名] 每天／天天

韓語句型 1
主語＋敍述名詞＋이다

重點說明

1. 是韓語基本結構之一，其詳細的組成成份為「主語＋敍述名詞＋이다」。

2. 即「主語N＋이/가(은/는)＋敍述N＋이다」，用來指定或斷定主語。

   例如：이것이 맥주입니다. 這是啤酒。

   句子結構→主語「이것」＋主格助詞「이」＋敍述名詞「맥주」＋이다＋終結語尾「ㅂ니다」

➤ 例句參考

여기가 우리 집이에요.

yo*.gi.ga/u.ri/ji.bi.e.yo

這裡是我家。

어머님은 간호사입니다.

o*.mo*.ni.meun/gan.ho.sa.im.ni.da

媽媽是護士。

누나가 대학원생이에요.

nu.na.ga/de*.ha.gwon.se*ng.i.e.yo

姊姊是研究所學生。

이것은 지우개예요.

i.go*.seun/ji.u.ge*.ye.yo

這是橡皮擦。

이것이 무엇이에요?

i.go*.si/mu.o*.si.e.yo

這是什麼？

그것은 연필이에요.

geu.go*.seun/yo*n.pi.ri.e.yo

那是鉛筆。

그것은 잡지입니까?

geu.go*.seun/jap.jji.im.ni.ga

那是雜誌嗎？

누구의 안경이에요?

nu.gu.ui/an.gyo*ng.i.e.yo

這是誰的眼鏡？

저것이 간판입니다.

jo*.go*.si/gan.pa.nim.ni.da

那是招牌。

나는 박영미예요.

na.neun/ba.gyo*ng.mi.ye.yo

我是朴英美。

생일이 언제예요?

se*ng.i.ri/o*n.je.ye.yo

生日是什麼時候？

➤ 應用會話一

A : 거기 어디예요?

go*.gi/o*.di.ye.yo

那裡是哪裡？

B : 서울대학교예요.

so*.ul.de*.hak.gyo.ye.yo

是首爾大學。

➤ 應用會話二

A : 그게 뭡니까?

geu.ge/mwom.ni.ga

那是什麼？

B : 이건 공책입니다.

i.go*n/gong.che*.gim.ni.da

這是筆記本。

韓語句型 2
主語＋形容詞

重點說明

1. 是韓語基本結構之一，其詳細的組成成份為「主語＋主格助詞＋形容詞」。

2. 即「主語 N ＋이/가＋形容詞」，表示敘述主語的狀態。

   例如：김태희가 예쁩니다. 金泰熙漂亮。

   句子結構→主語「김태희」＋主格助詞「가」＋形容詞「예쁘다」＋終結語尾「ㅂ니다」

► 例句參考

얼굴이 예쁩니다.

o*l.gu.ri/ye.beum.ni.da

臉蛋漂亮。

키가 큽니다.

ki.ga/keum.ni.da

個子高。

아버지가 바쁩니다.

a.bo*.ji.ga/ba.beum.ni.da

爸爸忙碌。

사전이 두껍습니다.

sa.jo*.ni/du.go*p.sseum.ni.da

字典厚。

바지가 짧아요.

ba.ji.ga/jjal.ba.yo

褲子短。

속도가 빨라요.

sok.do.ga/bal.la.yo

速度快。

돈이 없어요.

do.ni/o*p.sso*.yo

沒有錢。

영화가 재미있어요.

yo*ng.hwa.ga/je*.mi.i.sso*.yo

電影有趣。

감기가 심해요.

gam.gi.ga/sim.he*.yo

感冒嚴重。

스마트폰이 비싸요.

seu.ma.teu.po.ni/bi.ssa.yo

智慧型手機貴。

사람들이 많아요.

sa.ram.deu.ri/ma.na.yo

人多。

➤ 應用會話一

A : 누가 좋아요?

nu.ga/jo.a.yo

你喜歡誰？

B : 어머니가 좋아요.

o*.mo*.ni.ga/jo.a.yo

我喜歡媽媽。

➤ 應用會話二

A : 어떤 게 제일 싸요?

o*.do*n/ge/je.il/ssa.yo

什麼最便宜？

B : 이것이 제일 싸요.

i.go*.si/je.il/ssa.yo

這個最便宜。

韓語句型 3
主語＋自動詞

重點説明

1. 是韓語基本結構之一，其詳細的組成成份為「主語＋主格助詞＋自動詞」。

2. 「自動詞」指由自己(主語)進行該動作的動詞，前面不需要加上表示動作對象的受詞，即由一個主語、一個動詞，即可完成一個完整的句子。

3. 屬於自動詞的詞彙有「가다 去」、「뛰다 跑」、「울다 哭」等。

   例如：학생이 옵니다. 學生來。

   句子結構→主語「학생」＋主格助詞「이」＋自動詞「오다」＋終結語尾「ㅂ니다」

➤ 例句參考

꽃이 핍니다.
go.chi/pim.ni.da
花開。

윤주 씨가 갑니다.
yun.ju/ssi.ga/gam.ni.da
允洙去。

아이들이 자요.

a.i.deu.ri/ja.yo

孩子們在睡覺。

토끼가 뛰어요.

to.gi.ga/dwi.o*.yo

兔子跳。

남동생이 놀아요.

nam.dong.se*ng.i/no.ra.yo

弟弟在玩。

새가 날아요.

se*.ga/na.ra.yo

鳥飛。

심장이 뜁니다.

sim.jang.i/dwim.ni.da

心跳。

강아지가 죽었어요.

gang.a.ji.ga/ju.go*.sso*.yo

小狗死了。

눈이 옵니다.

nu.ni/om.ni.da

下雪。

오빠가 크게 웃어요.

o.ba.ga/keu.ge/u.so*.yo

哥哥笑得很大聲。

➤ 應用會話一

A : 어디에 가요?

o*.di.e/ga.yo

你去哪裡？

B : 놀이공원에 가요.

no.ri.gong.wo.ne/ga.yo

去遊樂園。

➤ 應用會話二

A : 비행기가 몇 시에 떠나요?

bi.he*ng.gi.ga/myo*t/si.e/do*.na.yo

飛機幾點起飛呢？

B : 오후 두 시에 떠나요.

o.hu/du/si.e/do*.na.yo

下午兩點起飛。

韓語句型 4
主語＋受格名詞＋他動詞

重點說明

1. 是韓語基本結構之一，其詳細的組成成份為「主語＋主格助詞＋受格名詞＋受格助詞＋他動詞」，即「主語N＋이/가＋受格N＋을/를＋他動詞」。

2. 「他動詞」指動詞前方要加上表示動作對象的受格，意思才完整。

3. 在口語會話中，經常省略掉「主語」。

　例句：준수가 밥을 먹습니다.　俊秀吃飯。

　句子結構→主語「준수」＋主格助詞「가」＋受格名詞「밥」＋受格助詞「을」＋他動詞「먹다」＋終結語尾「습니다」

➤ 例句參考

오늘 버스를 타요.

o.neul/bo*.seu.reul/ta.yo

今天搭公車。

친구를 만납니다.

chin.gu.reul/man.nam.ni.da

見朋友。

옷가게에서 일을 합니다.

ot.ga.ge.e.so*/i.reul/ham.ni.da

我在服飾店工作。

아침에 식빵을 먹어요.

a.chi.me/sik.bang.eul/mo*.go*.yo

早上吃吐司。

시장에서 고기를 사요.

si.jang.e.so*/go.gi.reul/ssa.yo

在市場買肉。

누나가 한국 요리를 만들어요.

nu.na.ga/han.guk/yo.ri.reul/man.deu.ro*.yo

姊姊煮韓國菜。

동생이 책을 많이 읽습니다.

dong.se*ng.i/che*.geul/ma.ni/ik.sseum.ni.da

弟弟看很多書。

한국 드라마를 봅니다.

han.guk/deu.ra.ma.reul/bom.ni.da

看韓劇。

미역국에 소금을 넣습니다.

mi.yo*k.gu.ge/so.geu.meul/no*.sseum.ni.da

在海帶湯裡加鹽。

그 이야기를 믿어요?

geu/i.ya.gi.reul/mi.do*.yo

你相信那個故事嗎？

➤ 應用會話一

A : 무슨 노래를 들어요?

mu.seun/no.re*.reul/deu.ro*.yo

你聽什麼歌？

B : 소녀시대 노래를 들어요.

so.nyo*.si.de*/no.re*.reul/deu.ro*.yo

我聽少女時代的歌。

➤ 應用會話二

A : 무슨 음식을 좋아해요?

mu.seun/eum.si.geul/jjo.a.he*.yo

你喜歡什麼菜？

B : 만두를 좋아해요.

man.du.reul/jjo.a.he*.yo

我喜歡吃水餃。

Chapter 2
名詞篇

名詞
명사

重點說明

1. 名詞被分為很多種類型，有普通名詞、專有名詞、代名詞、數詞、有情名詞、無情名詞、依存名詞等。

2. 韓語中的名詞又稱為「체언(體言)」。

3. 名詞的使用場合如下：

　①名詞可作為句子的主語。

　②名詞後方接上目的格助詞「을/를」，與他動詞一同使用，當作受格名詞。

　③名詞前方可接上冠形詞，用來修飾後方的名詞狀態。

　④名詞前方可接上接頭詞；名詞後方可接上接尾詞，讓語意更清楚。

➤ 例句參考

민지는 공무원입니다.

min.ji.neun/gong.mu.wo.nim.ni.da

旼志是公務員。

➡ 민지為人名，這裡當作「主語」使用。

저것이 비행기예요.

jo*.go*.si/bi.he*ng.gi.ye.yo

那個是飛機。

➡ 저것為代名詞，表示「那個」；這裡當作「主語」使用。

거기가 우리 회사예요.

go*.gi.ga/u.ri/hwe.sa.ye.yo

那裡是我們公司。

➡ 거기為代名詞，表示「那裡」；這裡當作「主語」使用。

형이 게임을 합니다.

hyo*ng.i/ge.i.meul/ham.ni.da

哥哥打電動。

➡ 형為名詞，表示「哥哥」；這裡當作「主語」使用。

　게임為名詞，表示「遊戲」；這裡當作「受格名詞」使用。

누나가 인형을 만들어요.

nu.na.ga/in.hyo*ng.eul/man.deu.ro*.yo

姊姊作娃娃。

➡ 누나為名詞，表示「姊姊」；這裡當作「主語」使用。

　인형為名詞，表示「娃娃」；這裡當作「受格名詞」使用。

김태연 씨는 예쁜 사람이에요.

gim.te*.yo*n/ssi.neun/ye.beun/sa.ra.mi.e.yo

金泰妍是漂亮的人。

➡ 김태연為人名，這裡當作「主語」使用。

　예쁜為形容詞冠詞形用法，表示「漂亮的」，用來修飾後方的
　名詞「사람」。

맛있는 케이크를 샀어요.

ma.sin.neun/ke.i.keu.reul/ssa.sso*.yo

買了好吃的蛋糕。

➡ 케이크為名詞，表示「蛋糕」；這裡當作「受格名詞」使用。
　맛있는為形容詞冠詞形用法，表示「好吃的」，用來修飾後方
　的名詞「케이크」。此句子省略了主語。

어제 나쁜 점수를 받았어요.

o*.je/na.beun/jo*m.su.reul/ba.da.sso*.yo

昨天得到很差的分數。

➡ 점수為名詞，表示「分數」；這裡當作「受格名詞」使用。
　나쁜為形容詞冠詞形用法，表示「很差的」，用來修飾後方的
　名詞「점수」。

새 노트북을 사고 싶어요.

se*/no.teu.bu.geul/ssa.go/si.po*.yo

我想買新的筆記型電腦。

➡ 새為冠形詞，接在名詞前方，表示「新的」。
　노트북為名詞，表示「筆記型電腦」；這裡當作「受格名詞」
　使用。此句子省略了主語「我」。

우리들은 회원입니다.

u.ri.deu.reun/hwe.wo.nim.ni.da

我們是會員。

➡ 우리為代名詞，表示「我們」，當作「主語」使用。

들為接尾詞，接在名詞後方，表示「複數」。

그녀에 대한 첫인상이 좋습니다.

geu.nyo*.e/de*.han/cho*.sin.sang.i/jo.sseum.ni.da

對她的第一印象很好。

➡ 첫為接頭詞，接在名詞前方，表示「初次」。

인상為名詞，表示「印象」。

매년 추석 때 꼭 고향에 돌아갑니다.

me*.nyo*n/chu.so*k/de*/gok/go.hyang.e/do.ra.gam.ni.da

每年中秋時一定會回故鄉。

➡ 매為接頭詞，接在名詞前方，表示「每一 / 各各」。

년為名詞，表示「年」。

서울시 총인구는 얼마인가요?

so*.ul.si/chong.in.gu.neun/o*l.ma.in.ga.yo

首爾市的總人口是多少？

➡ 총為接頭詞，接在名詞前方，表示「總 / 全體」。

인구為名詞，表示「人口」。

普通名詞＆專有名詞
보통명사＆고유명사

重點説明

1. 普通名詞(보통명사)

普通名詞是指一般的人、物或一個抽象概念的名稱。

例如：사람(人)、책(書)、펜(筆)、나무(樹木)、바다(海)、어머니(媽媽)、학생(學生)、건강(健康)、가족(家人)、애인(戀人)、일(工作／事情)、직업(職業)、취미(興趣)、수박(西瓜)、새(鳥)、동물(動物)。

2. 專有名詞(고유명사)

專有名詞是指特定的某人、地方或機構的名稱；例如人名、地名、國家名，建築物名、組織名、書名等。

例如：대만(台灣)、한국(首爾)、서울(首爾)、설악산(雪嶽山)、홍길동(洪吉童)、남산타워(N南山塔)、롯데월드(樂天世界)、명동(明洞)、경복궁(景福宮)、청계천(溪川)、삼성전자(三星電子)。

➤ 例句參考

> **저는 대만 사람이고 종국 씨는 한국 사람이에요.**
>
> jo*.neun/de*.man/sa.ra.mi.go/jong.guk/ssi.neun/han.guk/
> sa.ra.mi.e.yo
>
> 我是台灣人，鐘國是韓國人。

서울은 번화한 곳입니다.

so*.u.reun/bo*n.hwa.han/go.sim.ni.da

首爾是繁華的地方。

롯데월드는 놀이공원이에요.

rot.de.wol.deu.neun/no.ri.gong.wo.ni.e.yo

樂天世界是遊樂園。

건강은 요즘 어떠십니까?

go*n.gang.eun/yo.jeum/o*.do*.sim.ni.ga

健康最近如何？

설악산에 가 본 적이 있어요.

so*.rak.ssa.ne/ga/bon/jo*.gi/i.sso*.yo

我有去過雪嶽山。

우리 집 앞에 큰 나무가 있습니다.

u.ri/jip/a.pe/keun/na.mu.ga/it.sseum.ni.da

我家前面有大樹。

혹시 애인이 생겼어요?

hok.ssi/e*.i.ni/se*ng.gyo*.sso*.yo

你是不是有愛人了？

重點説明

1. 第一人稱代名詞(제일인칭대명사)

①第一人稱代名詞「我」有兩種說法,「나」和「저」。
「저」為나的謙稱,和比自己年紀大或身分地位比自己高的人談話時,必須使用저來表示謙虛;在與同輩、比自己年紀小或熟識、親密的人談話時,使用나即可。

②第一人稱代名詞複數「我們」有兩種說法,「우리」和「저희」。
「저희」為우리的謙稱。

③在口語會話中,第一人稱代名詞「我」經常被省略。

2. 第二人稱代詞(제이인칭대명사)

①第二人稱代詞「你」有幾種說法,「너」、「자네」、「당신」。
너(你)→與同輩、比自己年紀小或熟識、親密的人談話時使用。
자네(你)→對比自己年紀小的晚輩表示親近感時使用的稱呼。
당신(你/您)→使用在夫妻之間、吵架的對象等的極少數情況。

②第二人稱代詞複數「你們」有幾種說法,「너희」、「너희들」、「당신들」、「자네들」。

③在稱呼對方(你)時,韓語不像中文一樣會使用「你」,一般都是稱呼對方的名字,或在對方名字的後面加上職稱、頭銜來稱呼。接尾詞「-씨」則加在人名後方,表示「某某某先生、某某某小姐」。

例如：교수님(教授)、사장님(社長)、감독님(導演)、작가님
(作家)、김 선배님(金學長)、박 선생님(朴老師)、고객님(顧
客)、최 비서님(崔秘書)、한채영 씨(韓彩英小姐)、이승기
씨(李昇基先生)

④在口語會話中，第二人稱代名詞「你」經常被省略。

3. 第三人稱代名詞(제삼인칭대명사)

①第三人稱代名詞「他」有幾種說法，「그(他)」、「그녀
(她)」、「그 사람(那個人)」、「이분(這位)」、「그분(那
位)」、「저분(那位)」、「그 여자(那女人)」。

②在稱呼第三人稱(他)時，也可以直接使用該人的名字。

4. 事物代名詞(사물대명사)

①指示事物的代名詞有「이것」、「그것」、「저것」。

이것(這個)→表示該事物，離談話者近。

그것(那個)→表示該事物，離聽話者近，離談話者遠；或雙方
都心裡知道的事物。

저것(那個)→表示該事物，離聽話者和談話者都遠。

②可以在이것(這個)、그것(那個)、저것(那個)後方接上表示
複數的「들」，成為이것들(這些)、그것들(那些)、저것들
(那些)。

5. 處所代名詞(처소대명사)

①指示地點、處所的代名詞有「여기」、「거기」、「저기」、
「이곳」、「그곳」、「저곳」。

여기(這裡)→表示被指示的場所，離談話者近；여기可替換成

「이곳(這地方)」。

거기(那裡)→表示被指示的場所，離聽話者近，離談話者遠，或指雙方心裡都知道的場所；거기可替換成「그곳(那地方)」。

저기(那裡)→表示被指示的場所，離聽話者和談話者都遠；저기可替換成「저곳(那地方)」。

6. 指示代名詞(지시대명사)

①「이」、「그」、「저」為指示代名詞，後方可以連接表示人、事、物的名詞，用來指示某一物品、對象、事情。

例如：

이 남자(這男生)	그 여자(那女生)
이 사람(這個人)	그 나라(那個國家)
저 그림(那幅圖畫)	이 책(這本書)
그 장소(那個場所)	저 별(那顆星星)

7. 疑問代名詞(의문대명사)

疑問代名詞有「누구」、「무엇」、「어디」、「언제」、「어느 것」等。

누구(誰)→詢問時，用來指定「某人」。

무엇(什麼)→詢問時，用來指定「某事物」。

어디(哪裡)→詢問時，用來指定「某地點」。

언제(何時)→詢問時，用來指定「某一時間」。

어느 것(哪一個)→詢問時，用來指定「某一樣東西」。

➤ 例句參考

<u>저</u>는 비서입니다. →第一人稱「我」

jo*.neun/bi.so*.im.ni.da

我是秘書。

<u>나</u>는 부장이에요. →第一人稱「我」

na.neun/bu.jang.i.e.yo

我是部長。

<u>우리</u>는 손님이에요. →第一人稱「我們」

u.ri.neun/son.ni.mi.e.yo

我們是客人。

<u>저희</u>는 초등학생입니다. →第一人稱「我們」

jo*.hi.neun/cho.deung.hak.sse*ng.im.ni.da

我們是小學生。

<u>박신혜 씨</u>는 지금 시간이 있으세요? →第二人稱「你」

bak.ssin.hye/ssi.neun/ji.geum/si.ga.ni/i.sseu.se.yo

朴信惠小姐你現在有時間嗎？

<u>선생님</u> 오늘 수업이 있으세요? →第二人稱「你」

so*n.se*ng.nim/o.neul/ssu.o*.bi/i.sseu.se.yo

老師您今天有課嗎？

선배는 이걸 좀 가르쳐 주세요. →第二人稱「你」

so*n.be*.neun/i.go*l/jom/ga.reu.cho*/ju.se.yo

學長你教教我這個吧！

당신은 누구입니까? →第二人稱「你」

dang.si.neun/nu.gu.im.ni.ga

您是誰？

자네가 이제 나를 좀 도와 줘야 겠어. →第二人稱「你」

ja.ne.ga/i.je/na.reul/jjom/do.wa/jwo.ya/ge.sso*

你現在得幫助我了。

당신 오늘 뭐 했어요? →第二人稱「你」

dang.sin/o.neul/mwo/he*.sso*.yo

你今天做了什麼事？

이분은 수학을 가르치는 강 선생님이십니다.
→第三人稱「這位」

i.bu.neun/su.ha.geul/ga.reu.chi.neun/gang/so*n.se*ng.ni.mi.

sim.ni.da

這位是教數學的姜老師。

저분은 장 과장님이십니까? →第三人稱「那位」

jo*.bu.neun/jang/gwa.jang.ni.mi.sim.ni.ga

那位是張課長嗎？

그 여자가 네 동생이야? 참 예쁘네. →第二人稱「那女生」

geu/yo*.ja.ga/ne/dong.se*ng.i.ya//cham/ye.beu.ne

那個女生是你妹妹嗎？真漂亮。

그는 나쁜 사람이에요. →第三人稱「他」

geu.neun/na.beun/sa.ra.mi.e.yo

他是壞人。

이것이 빵입니까? →指示事物

i.go*.si/bang.im.ni.ga

這是麵包嗎？

저것이 시계입니다. →指示事物

jo*.go*.si/si.gye.im.ni.da

那是時鐘。

그것이 소설책입니다. →指示事物

geu.go*.si/so.so*l.che*.gim.ni.da

那是小說。

여기는 어디입니까? →指示地點、場所

yo*.gi.neun/o*.di.im.ni.ga

這裡是哪裡？

저기는 남산타워입니다. →指示地點、場所

jo*.gi.neun/nam.san.ta.wo.im.ni.da

那裡是南山塔。

저기를 좀 보십시오. →指示地點、場所

jo*.gi.reul/jjom/bo.sip.ssi.o

請看那裡。

여기가 우리 집입니다. →指示地點、場所

yo*.gi.ga/u.ri/ji.bim.ni.da

這裡是我們家。

이 만화책이 아주 재미있습니다. →「이(這)＋N」

i/man.hwa.che*.gi/a.ju/je*.mi.it.sseum.ni.da

這本漫畫書很有意思。

그 놈이 드디어 미쳤어요. →「그(那)＋N」

geu/no.mi/deu.di.o*/mi.cho*.sso*.yo

那傢伙終於瘋了。

저 산이 보입니까? →「저(那)＋N」

jo*/sa.ni/bo.im.ni.ga

有看到那座山嗎？

누가 왔습니까?　→疑問代名詞(指人)

nu.ga/wat.sseum.ni.ga

誰來了？

아침에 누구를 만났어요?　→疑問代名詞(指人)

a.chi.me/nu.gu.reul/man.na.sso*.yo

早上你和誰見面？

이것은 무엇이에요?　→疑問代名詞(指物品)

i.go*.seun/mu.o*.si.e.yo

這是什麼？

이건 어디에서 사요?　→疑問代名詞(指地點)

i.go*n/o*.di.e.so*/sa.yo

這個在哪裡買？

일을 언제 끝내요?　→疑問代名詞(指時間)

i.reul/o*n.je/geun.ne*.yo

事情什麼時候結束？

내 약이 어느 것이에요?　→疑問代名詞(指物品)

ne*/ya.gi/o*.neu/go*.si.e.yo

我的藥是哪一個？

➤ 代名詞的縮寫法

	이/가 主格助詞	**은/는** 補助助詞	**을/를** 目的格助詞	**의** 所有格(的)
나 我	내가 ne*.ga	난 nan	날 nal	내 ne*
저 我(謙語)	제가 je.ga	전 jo*n	절 jo*l	제 je
너 你	네가 ni.ga	넌 no*n	널 no*l	네 ni
우리 我們	우리가 u.ri.ga	우린 u.rin	우릴 u.ril	우리의 u.ri.e
저희 我們(謙語)	저희가 jo*.hi.ga	저흰 jo*.hin	저흴 jo*.hil	저희의 jo*.hi.e
이것 這個	이게 i.ge	이건 i.go*n	이걸 i.go*l	이것의 i.go*.se
그것 那個(中稱)	그게 geu.ge	그건 geu.go*n	그걸 geu.go*l	그것의 geu.go*.se
저것 那個(遠稱)	저게 jo*.ge	저건 jo*.go*n	저걸 jo*.go*l	저것의 jo*.go*.se
여기 這裡	여기가 yo*.gi.ga	여긴 yo*.gin	여길 yo*.gil	여기의 yo*.gi.e
거기 那裡(中稱)	거기가 go*.gi.ga	거긴 go*.gin	거길 go*.gil	거기의 go*.gi.e
저기 那裡(遠稱)	저기가 jo*.gi.ga	저긴 jo*.gin	저길 jo*.gil	저기의 jo*.gi.e

➤ 例句參考

이걸로 주세요.

i.go*l.lo/ju.se.yo

請給我這個。

이게 내가 어제 산 옷이에요.

i.ge/ne*.ga/o*.je/san/o.si.e.yo

這是我昨天買的衣服。

뭘 마실까요?

mwol/ma.sil.ga.yo

要喝什麼？

뭐가 싫어요?

mwo.ga/si.ro*.yo

你討厭什麼？

넌 언제 한국에 갈 거야?

no*n/o*n.je/han.gu.ge/gal/go*.ya

你什麼時候要去韓國？

그건 뭐예요?

geu.go*n/mwo.ye.yo

那是什麼？

有情名詞＆無情名詞
유정명사＆무정명사

重點説明

1. 有情名詞 (유정명사)

有情名詞一般指人或動物等會表現感情的名詞。

例如：오빠(哥哥)、선생님(老師)、상사(上司)、동생(弟弟)、강아지(小狗)、고양이(貓咪)、닭(雞)、사장님(社長)、할아버지(爺爺)、돼지(豬)、양(羊)、선배(前輩)

2. 無情名詞 (무정명사)

有情名詞一般指花草樹木、物品等不會表現感情的名詞。

例如：꽃(花)、배나무(梨樹)、돌(石頭)、물(水)、휴대폰(手機)、선물(禮物)、풀(草)、태양(太陽)、바람(風)、구름(雲)、비(雨)、눈(雪)、컵(杯子)、가방(包包)、이어폰(耳機)

有時會有要特別區分有情名詞與無情名詞的狀況。

相關語法請參考P.190和P.194

➤ 例句參考

오빠에게 전화해요.

o.ba.e.ge/jo*n.hwa.he*.yo

打電話給哥哥。

사무실에 전화해요.

sa.mu.si.re/jo*n.hwa.he*.yo

打電話到辦公室。

나무에 물을 줘요.

na.mu.e/mu.reul/jjwo.yo

給樹木澆水。

친구에게 물을 줘요.

chin.gu.e.ge/mu.reul/jjwo.yo

給朋友水。

아이들이 나한테 와요.

a.i.deu.ri/na.han.te/wa.yo

孩子們走向我。

➤ **本單元詞彙**

전화하다　jo*n.hwa.ha.da　[動] 打電話

물　mul　[名] 水

주다　ju.da　[動] 給／給予

아이　a.i　[名] 小孩

오다　o.da　[動] 來

數詞
수사

重點説明

1. 「數詞」指表示事物的數量或順序的單詞。

2. 數詞可分為漢字語數詞(한자어 수사)和韓語固有數詞(고유어 수사)。詳見P. 80

3. 韓語固有數詞又稱「純韓語數詞」。

使用漢字語數詞的場合

①漢字語數詞一般使用在年、月、日、分、秒、金額、數學計算、電話號碼、重量、容積、距離、長度等。

例如：

2013年9月10日→이천십삼 년 구 월 십 일

1988年7月4日→천구백팔십팔 년 칠 월 사 일

前面的數字是1時，則不需將일念出來。

15分20秒→십오 분 이십 초

電話號碼0918-123-452→공구일팔 (의)일이삼 (의)사오이

這裡劃開數字的「－」為의，發音為에。

金額15, 278→만오천이백칠십팔

前面的數字是1時，則不需將일念出來。

3比2→삼대이

小數點2. 54→이 점 오사

分數1/3→삼분의 일

30公克→삼십 그램

55公升→오십오 리터

13公里→십삼 킬로미터

45公尺→사십오 미터

②提及物品的價格時，要使用漢字語數詞；「원(韓圜)」是韓國
的貨幣單位。如果前面的數字是1時，則不需將일念出來。

만팔천 원(一萬八千韓圜)

천오백 원(一千五百韓圜)

➤ 例句參考

그것은 십만구천 원입니다.

geu.go*.seun/sim.man.gu.cho*n/wo.nim.ni.da

那個十萬九千韓圜。

삼겹살 이인분 주세요.

sam.gyo*p.ssal/i.in.bun/ju.se.yo

請給我兩人份的五花肉。

백화점에 가려면 지하철 일 번 출구로 나가세요.

be*.kwa.jo*.me/ga.ryo*.myo*n/ji.ha.cho*l/il/bo*n/chul.
gu.ro/na.ga.se.yo

如果要去百貨公司，請從一號出口出去。

우리 아들이 이번 시험에서 일등을 했어요.

u.ri/a.deu.ri/i.bo*n/si.ho*.me.so*/il.deung.eul/he*.sso*.yo

我兒子在這次考試中得了第一名。

> **교과서 이십일쪽을 펴세요.**
>
> gyo.gwa.so*/i.si.bil.jjo.geul/pyo*.se.yo
>
> 請翻開教科書21頁。

使用韓語固有數詞的場合

①韓語固有數詞一般使用在時刻、年齡、時間、物品數量等。

②當數字和量詞做結合時，必須使用韓語固有數詞。

③韓語固有數詞하나、둘、셋、넷後方接量詞時，要變成한、
두、세、네的型態。詳見P. 81

例如：

下午2點→오후 두 시

4個小時→네 시간

7個小時→일곱 시간

3歲→세 살

20歲→스무 살

22歲→스물두 살

5本書→책 다섯 권

8枝筆→펜 여덟 자루

1杯水→물 한 잔

2台車→자동차 두 대

1個人 →사람 한 명

3位客人→손님 세 분

5隻狗→개 다섯 마리

12張紙→종이 열두 장

4碗飯→밥 네 그릇

2盒菸→담배 두 갑

➤ 例句參考

그림 다섯 장을 그렸습니다.

geu.rim/da.so*t/jang.eul/geu.ryo*t.sseum.ni.da

畫了五張圖畫。

몇 분입니까? 세 명입니다.

myo*t/bu.nim.ni.ga//se/myo*ng.im.ni.da

有幾位？三位。

술 열 잔을 마십니다.

sul/yo*l/ja.neul/ma.sim.ni.da

喝十杯酒。

사과 일곱 개 사고 싶어요.

sa.gwa/il.gop/ge*/sa.go/si.po*.yo

我想買七顆蘋果。

소주 두 병 주시겠어요?

so.ju/du/byo*ng/ju.si.ge.sso*.yo

可以給我兩瓶燒酒嗎？

이거 하나 주세요.

i.go*/ha.na/ju.se.yo

請給我一個這個。

➤ 漢字語數詞 & 韓語固有數詞

수사 數詞	한자어 수사 漢字語數詞	고유어 수사 韓語固有數詞
1	일	하나
2	이	둘
3	삼	셋
4	사	넷
5	오	다섯
6	육	여섯
7	칠	일곱
8	팔	여덟
9	구	아홉
10	십	열
11	십일	열하나
20	이십	스물
30	삼십	서른
40	사십	마흔
50	오십	쉰
60	육십	예순
70	칠십	일흔
80	팔십	여든
90	구십	아흔
100	백	백
1,000	천	천
10,000	만	만

註：韓語固有數詞只有到99(아흔아홉)而已，100(백)以上都使用漢字語數詞。

➤ 韓語固有數詞冠形詞

수사 數詞	고유어 수사 韓語固有數詞	관형사 冠形詞
1	하나	한
2	둘	두
3	셋	세
4	넷	네
5	다섯	˙
6	여섯	˙
7	일곱	˙
8	여덟	˙
9	아홉	˙
10	열	˙
11	열하나	열한
20	스물	스무
21	스물하나	스물한
25	스물다섯	˙

➤ 應用會話

A : 어제 몇 시간 공부했어요?

o*.je/myo*t/si.gan/gong.bu.he*.sso*.yo

你昨天讀了幾個小時的書？

B : 어제 한 시간 공부했어요.

o*.je/han/si.gan/gong.bu.he*.sso*.yo

昨天讀了一個小時的書。

➤ 月份＆日期

月份	日期
일월 　一月	일일 　一日
이월 　二月	이일 　二日
삼월 　三月	삼일 　三日
사월 　四月	사일 　四日
오월 　五月	오일 　五日
유월 　六月	육일 　六日
칠월 　七月	칠일 　七日
팔월 　八月	팔일 　八日
구월 　九月	구일 　九日
시월 　十月	십일 　十日
십일월 　十一月	십일 일 　十一日
십이월 　十二月	십이 일 　十二日
	⋮
	삼십 일 　三十日

➤ 應用會話

A : 오늘 몇 월 며칠이에요?

o.neul/myo*t/wol/myo*.chi.ri.e.yo

今天幾月幾號呢？

B : 오늘은 유월 십구 일이에요.

o.neu.reun/yu.wol/sip.gu/i.ri.e.yo

今天六月十九號。

➤ 點鐘＆分鐘

韓語固有數詞＋點鐘 －시		漢字語數詞＋分鐘 －분	
한 시	1點	일 분	1分鐘
두 시	2點	이 분	2分鐘
세 시	3點	삼 분	3分鐘
네 시	4點	사 분	4分鐘
다섯 시	5點	오 분	5分鐘
여섯 시	6點	육 분	6分鐘
일곱 시	7點	칠 분	7分鐘
여덟 시	8點	팔 분	8分鐘
아홉 시	9點	구 분	9分鐘
열 시	10點	십 분	10分鐘
열한 시	11點	십일 분	11分鐘
열두 시	12點	십이 분	12分鐘

➤ 應用會話

A：지금 몇 시입니까?

ji.geum/myo*t/si.im.ni.ga

現在幾點？

B：지금은 저녁 여섯 시 사십오 분입니다.

ji.geu.meun/jo*.nyo*k/yo*t/si/sa.si.bo/bu.nim.ni.da

現在晚上六點四十五分。

➤ 年的計算＆月的計算

一、韓語固有數詞説法

年的計算 韓語固有數詞＋해	月的計算 韓語固有數詞＋달
한 해　一年	한 달　一個月
두 해　兩年	두 달　兩個月
세 해　三年	세 달　三個月
네 해　四年	네 달　四個月
다섯 해　五年	다섯 달　五個月
여섯 해　六年	여섯 달　六個月

二、漢字語數詞説法

年的計算 漢字語數詞＋년	月的計算 漢字語數詞＋개월
일 년　一年	일 개월　一個月
이 년　兩年	이 개월　兩個月
삼 년　三年	삼 개월　三個月
사 년　四年	사 개월　四個月
오 년　五年	오 개월　五個月
육 년　六年	육 개월　六個月

> 天的計算＆星期的計算

一、韓語固有數詞說法

天的計算 韓語固有數詞說法	星期的計算 韓語固有數詞＋주
하루　一天	한 주　　一個星期
이틀　兩天	두 주　　兩個星期
사흘　三天	세 주　　三個星期
나흘　四天	네 주　　四個星期
닷새　五天	다섯 주　五個星期
엿새　六天	여섯 주　六個星期

二、漢字語數詞說法

天的計算 漢字語數詞＋일	星期的計算 漢字語數詞＋주일
일 일　一天	일 주일　一個星期
이 일　兩天	이 주일　兩個星期
삼 일　三天	삼 주일　三個星期
사 일　四天	사 주일　四個星期
오 일　五天	오 주일　五個星期
육 일　六天	육 주일　六個星期

➤ **序數詞**

①純韓語序數詞為「韓語固有數詞＋번째」，表示順序或次數。
但，第一個不是「한 번째」，而是「첫 번째」，첫有「最
初、首次」的意思。

②漢字語序數詞為「제＋漢字語數詞」，表示順序或號碼。

順序 순서	純韓語序數詞 數字＋번째	漢字語序數詞 제(第)＋數字
第一	첫 번째	제일
第二	두 번째	제이
第三	세 번째	제삼
第四	네 번째	제사
第五	다섯 번째	제오
第六	여섯 번째	제육
第七	일곱 번째	제칠
第八	여덟 번째	제팔
第九	아홉 번째	제구
第十	열 번째	제십

➤ **例句參考**

한국어 교실은 여기서 두 번째 교실이에요.

han.gu.go*/gyo.si.reun/yo*.gi.so*/du/bo*n.jje*/gyo.si.ri.e.yo

韓語教室是從這裡算起來第二間教室。

시험 범위는 교과서 제삼과 내용입니다.

si.ho*m/bo*.mwi.neun/gyo.gwa.so*/je.sam.gwa/ne*.yong.im.ni.da

考試範圍是教科書第三課內容。

남자친구와 만난 지 삼년이 됐어요.

nam.ja.chin.gu.wa/man.nan/ji/sam.nyo*.ni/dwe*.sso*.yo

和男朋友交往有三年了。

나는 한 달에 한 번씩 미용실에 가요.

na.neun/han/da.re/han/bo*n.ssik/mi.yong.si.re/ga.yo

我一個月去一次美容院。

친구 집에 가서 이틀 있을 거예요.

chin.gu/ji.be/ga.so*/i.teul/i.sseul/go*.ye.yo

我要去朋友家住兩天。

일주일 안에 일을 끝내세요.

il.ju.il/a.ne/i.reul/geun.ne*.se.yo

請在一週內把工作完成。

依存名詞
의존명사

重點説明

1. 「依存名詞」就是指無法單獨表示某種意思,必需接受冠形詞的修飾才可以使用在句子當中。

2. 依存名詞又稱「不完全名詞」。

3. 韓語初級範圍中常見的依存名詞有「것(事物)」、「데(地方)」、「분(位)」、「지(時間)」、「수(方法)」、「뿐(只)」等。這些依存名詞經常出現在固定的韓語語法句型中,與相關語法句型一起學習即可。

4. 「개(個)」、「번(次)」、「대(台)」、「장(張)」、「권(本)」等的量詞,又稱「數量依存名詞」;前方的數詞必須用韓語固有數詞。

➤ 例句參考

제가 하는 것은 이것뿐이에요.

je.ga/ha.neun/go*.seun/i.go*t.bu.ni.e.yo

我做的事只有這個。

사무실에 계시는 분이 누구예요?

sa.mu.si.re/gye.si.neun/bu.ni/nu.gu.ye.yo

在辦公室那位是誰?

절대 그럴 수가 없어요.

jo*l.de*/geu.ro*l/su.ga/o*p.sso*.yo

絕對不可以那樣。

대구에 온 지 십년이 넘었어요.

de*.gu.e/on/ji/sim.nyo*.ni/no*.mo*.sso*.yo

來大邱超過十年了。

콜라 한 잔에 얼마예요?

kol.la/han/ja.ne/o*l.ma.ye.yo

一杯可樂多少錢？

오늘 잘 데가 없어요.

o.neul/jjal/de.ga/o*p.sso*.yo

今天沒有睡覺的地方。

➤ 本單元詞彙

하다　ha.da　[動] 做(事)

계시다　gye.si.da　[動] 在(있다的敬語)

절대　jo*l.de*　[副] 絕對

그렇다　geu.ro*.ta　[形] 那樣

넘다　no*m.da　[動] 超過

자다　ja.da　[動] 睡覺

敘述格助詞
−이다

重點說明

1. 當敘述句出現名詞時，後方必定會與敘述格助詞「이다」一同出現。
2. 이다相當於中文的「是」。
3. 當이다與終結語尾「아/어요」一起使用時，會成為「예요」和「이에요」的型態；無尾音的名詞接예요，有尾音的名詞接이에요。
4. 當이다與過去式先行語尾「았/었」一起使用時，會成為「였」和「이었」的型態；無尾音的名詞接였，有尾音的名詞接이었。

➤ 例句參考

나는 가수예요.

na.neun/ga.su.ye.yo

我是歌手。

박은영 씨는 당구 선수예요.

ba.geu.nyo*ng/ssi.neun/dang.gu/so*n.su.ye.yo

朴恩英是撞球選手。

민준 씨의 아버님은 외교관이에요.

min.jun/ssi.ui/a.bo*.ni.meun/we.gyo.gwa.ni.e.yo

民俊的父親是外交官。

나는 한국어 선생님이었어요.

na.neun/han.gu.go*/so*n.se*ng.ni.mi.o*.sso*.yo

我以前是韓語老師。

형이 디자이너였어요.

hyo*ng.i/di.ja.i.no*.yo*.sso*.yo

哥哥以前是設計師。

그는 좋은 친구였습니다.

geu.neun/jo.eun/chin.gu.yo*t.sseum.ni.da

他是很好的朋友。

정말 좋은 시간이었습니다.

jo*ng.mal/jjo.eun/si.ga.ni.o*t.sseum.ni.da

真的是很棒的時光。

➤ 本單元詞彙

당구　dang.gu　［名］撞球
외교관　we.gyo.gwan　［名］外交官
디자이너　di.ja.i.no*　［名］設計師
시간　si.gan　［名］時間

Note

Chapter 3
動詞篇

動詞
동사

重點説明

1. 韓語「動詞」表示主語的動作或某一物質的作用。

2. 動詞使用在句子後方的敍述語中,用來解釋、說明主語。

3. 所有動詞的最後一個字皆為「다」;다稱為「語尾」,다前方
   的字稱為「語幹」。當動詞與各種活用語尾一起使用時,必須
   先把다去掉,由語幹來銜接各種語尾變化。

例如　가 다(去)　　읽 다(讀)　　운 전 하 다(開車)

　　　語幹 語尾　　語幹 語尾　　　　語幹 語尾

➤ 動詞原形

原形	語幹	語尾	語尾-(ㅂ)습니다.
사다(買)	사	다	삽니다
보다(看)	보	다	봅니다
먹다(吃)	먹	다	먹습니다
듣다(聽)	듣	다	듣습니다
말하다(説)	하	다	말합니다
읽다(讀)	읽	다	읽습니다

➤各種語尾變化－以가다(去)為例

韓語有各種語尾變化，連接在動詞語幹後方，可以表達各種不同的意思或語感。

活用語尾分類	連接語尾後的型態	
格式體尊敬形 - (ㅂ)습니다.	갑니다.	去
非格式體尊敬形 - 아/어요.	가요.	去
過去式 - 았/었/였	갔어요.	去了
未來式 - (으)ㄹ 거예요.	갈 거예요.	將要去
現在進行式 - 고 있다	가고 있어요.	正在去
祈使句 - (으)십시오.	가십시오.	請去
祈使句 - (으)세요.	가세요.	請去
勸誘句 - (으)ㅂ시다.	갑시다.	去吧／走吧
勸誘句 - 자.	가자.	去吧／走吧
假定形 - (으)면	가면	去的話
對立形 - 지만	가지만	雖然去

動詞分類

一、自動詞(자동사)

1. 自動詞又稱「不及物動詞」。
2. 指由自己(主語)進行該動作或作用的動詞,動詞前方不會涉及
   其他對象,所以不需在前方加上表示動作對象的受詞(名詞)。
3. 學韓語時,學會區分自動詞和他動詞很重要,如果是自動詞,
   前方的體詞(名詞)後方,就要接主格助詞「이/가」。

➤ 例句參考

물건 값이 내립니다.

mul.go*n/gap.ssi/ne*.rim.ni.da

物品價格下降。

새가 날아요.

se*.ga/na.ra.yo

鳥飛。

눈물이 흐릅니다.

nun.mu.ri/heu.reum.ni.da

流淚。

수업이 끝나요.

su.o*.bi/geun.na.yo

課程結束。／下課。

문 앞에 섭니다.

mun/a.pe/so*m.ni.da

站在門前方。

영화가 두 시에 시작됩니다.

yo*ng.hwa.ga/du/si.e/si.jak.dwem.ni.da

電影兩點開始。

음식이 다 식었어요.

eum.si.gi/da/si.go*.sso*.yo

菜都涼了。

➤ 屬於自動詞的詞彙

原型	中文	原型	中文
웃다	笑	내리다	下降／落下
서다	站立	앉다	坐
날다	飛	뛰다	跳／跑
시작되다	開始	눕다	躺
식다	放涼	오다	來

二、他動詞（타동사）

1. 他動詞又稱「及物動詞」。
2. 指動作必須涉及到某種對象，所以他動詞的前方必須加上表示動作對象的受詞，這樣意思才完整。
3. 學韓語時，學會區分自動詞和他動詞很重要，如果是他動詞，前方的體詞（名詞）後方，就要接受格助詞「을/를」。

➤ 例句參考

만두를 먹습니다.
man.du.reul/mo*k.sseum.ni.da
吃水餃。

딸기 주스를 마십니다.
dal.gi/ju.seu.reul/ma.sim.ni.da
喝草莓果汁。

한국어를 가르칩니다.
han.gu.go*.reul/ga.reu.chim.ni.da
教韓國語。

텔레비전을 봐요.
tel.le.bi.jo*.neul/bwa.yo
看電視。

일을 끝내요.

i.reul/geun.ne*.yo

結束工作。

침을 흘려요.

chi.meul/heul.lyo*.yo

流口水。

토론을 시작합니다.

to.ro.neul/ssi.ja.kam.ni.da

開始討論。

➤ **屬於自動詞的詞彙**

原型	中文	原型	中文
먹다	吃	마시다	喝
가르치다	教導	배우다	學習
보다	看	쓰다	書寫／戴
시작하다	開始	끝내다	結束
흘리다	流	만들다	製作

三、規則動詞＆不規則動詞

1. 動詞又可分規則動詞(규칙동사)與不規則動詞(불규칙동사)。
2. 「規則動詞」指動詞語幹與各種活用語尾結合時，語幹尾音不會發生變化的動詞。
3. 「不規則動詞」指動詞語幹與各種活用語尾結合時，語幹尾音會發生變化的動詞。

➤ 例句參考

내 말을 잘 들으세요.

➡ 듣다(聽)屬於ㄷ不規則變化　詳見p.152

ne*/ma.reul/jjal/deu.reu.se.yo

請好好聽我說。

저는 서울에서 삽니다.

➡ 살다(住)屬於ㄹ不規則變化　詳見p.146

jo*.neun/so*.u.re.so*/sam.ni.da

我住在首爾。

분홍색 가방을 골랐어요.

➡ 고르다(選擇)屬於르不規則變化　詳見p.148

bun.hong.se*k/ga.bang.eul/gol.la.sso*.yo

我選了粉紅色的包包。

動詞過去式
―았/었/였

重點說明

1. 韓語句子的過去式，就是在動詞語幹後方加上表示過去時制的語尾「았/었/였」。

2. 當動詞語幹的母音是「ㅏ.ㅗ」時，就接「았」。

3. 當動詞語幹的母音不是「ㅏ.ㅗ」時，就接「었」。

4. 如果是하다類的詞彙，就接였，兩者結合後會變成「했」。

5. 當過去式「았/었/였」後方，銜接尊敬形終結語尾「아/어요.」時，一律使用「어요」。

例一：가다(去)

가+았+어요→가았어요.(=갔어요.)　去了。

例二：읽다(讀)

읽+었+어요→읽었어요.　讀了。

例三：운전하다(開車)

운전하+였+어요→운전하였어요.(=운전했어요.)　開車了。

➤ 例句參考

새 옷을 입었어요.

se*/o.seul/i.bo*.sso*.yo

穿了新衣服。

숙제를 내었어요.

suk.jje.reul/ne*.o*.sso*.yo

交了作業。

종이에 사인했어요.

jong.i.e/sa.in.he*.sso*.yo

在紙上簽了名。

한국에서 엽서가 왔어요.

han.gu.ge.so*/yo*p.sso*.ga/wa.sso*.yo

從韓國寄來了明信片。

생일 케이크를 만들었어요.

se*ng.il/ke.i.keu.reul/man.deu.ro*.sso*.yo

製作了生日蛋糕。

미국 드라마를 봤어요.

mi.guk/deu.ra.ma.reul/bwa.sso*.yo

看了美劇。

➤ **本單元詞彙**

새　se*　[冠] 新的

입다　ip.da　[動] 穿

내다　ne*.da　[動] 繳交／拿出

사인하다　sa.in.ha.da　[動] 簽名

動詞未來式
-(으)ㄹ 것이다

重點説明

1. 當主語是第一人稱(我)時，表示「未來的計畫」或「個人意志」，相當於中文的「我要(做)…」。

2. 若主語是第二人稱(你)時，則使用在疑問句上，相當於中文的「你打算(做)…？」。

3. 接在動詞後方，當動詞語幹以母音結束或ㄹ結束，就接「-ㄹ 것이다」；若動詞語幹以子音結束，則接「-을 것이다」。

4. 「(으)ㄹ 것이다」和尊敬形終結語尾「(ㅂ)습니다」一起使用時，會變成「(으)ㄹ 것입니다」或「(으)ㄹ 겁니다」的型態；一般後者較常用。

5. 「(으)ㄹ 것이다」和尊敬形終結語尾「아/어요」一起使用時，會變成「(으)ㄹ 거예요」的型態。

例一：가다(去)

가+ㄹ 거예요→갈 거예요. 要去。

例二：읽다(讀)

읽+을 거예요→읽을 거예요. 要讀。

例三：운전하다(開車)

운전하+ㄹ 거예요→운전할 거예요. 要開車。

➤ 例句參考

내일 무엇을 할 거예요?

ne*.il/mu.o*.seul/hal/go*.ye.yo

你明天要做什麼？

친구를 만날 거예요.

chin.gu.reul/man.nal/go*.ye.yo

我要見朋友。

주말에 어디에 갈 겁니까?

ju.ma.re/o*.di.e/gal/go*.m.ni.ga

你週末要去哪裡？

무슨 색깔을 선택할 거예요?

mu.seun/se*k.ga.reul/sso*n.te*.kal/go*.ye.yo

你要選什麼顏色？

검은색을 선택할 겁니다.

go*.meun.se*.geul/sso*n.te*.kal/go*.m.ni.da

我要選黑色。

계속 여기에 있을 거예요?

gye.sok/yo*.gi.e/i.sseul/go*.ye.yo

你要一直待在這裡嗎？

動詞未來式
─겠

重點說明

1. 「겠」為表示未來的先行語尾，接在動詞、形容詞或이다的語幹後方。

2. 當主語是第一人稱(我)的時候，表示說話者的「意志、意願」；相當於中文的「我將會(做)…」。

3. 當主語是第二人稱(你)的時候，表示「推測主語的意圖」。

4. 可以使用「─(으)시겠어요?」的句型，表示有禮貌地詢問對方的意見或對方未來的行動，相當於中文的「您要…嗎？」。

5. 可以和否定形「─지 않다」一起使用，成為「V＋지 않겠어요(我將不會做…)」的句型。

➤ **例句參考**

> **제가 하겠어요.**
> je.ga/ha.ge.sso*.yo
> 我會做。／我來做。

바이올린을 배우겠어요.

ba.i.ol.li.neul/be*.u.ge.sso*.yo

我要學小提琴。

무슨 요리를 만들겠습니까?

mu.seun/yo.ri.reul/man.deul.get.sseum.ni.ga

你要做什麼菜？

이런 일을 다시 하지 않겠어요.

i.ro*n/i.reul/da.si/ha.ji/an.ke.sso*.yo

我不會再做那種事了。

자리를 예약하시겠어요?

ja.ri.reul/ye.ya.ka.si.ge.sso*.yo

您要訂位嗎？

언제 가시겠습니까?

o*n.je/ga.si.get.sseum.ni.ka

您什麼時候要走？

➤ **本單元詞彙**

바이올린 ba.i.ol.lin [名] 小提琴

배우다 be*.u.da [動] 學習

만들다 man.deul.da [動] 製作

자리 ja.ri [名] 位子

動詞現在進行式
-고 있다

重點説明

1. 接在動詞語幹後方，表示某一動作的進行或持續。

2. 相當於中文的「正在…」。

3. 若主語是必須尊敬的對象，必須使用「-고 계시다」。

4. 若要表示過去進行型，則使用「-고 있었다」。

5. 「-고 계셨다」為過去進行式的敬語句型。

例一：가다(去)

→가+고 있다→가고 있다　正在去。

例二：읽다(讀)

→읽+고 있다→읽고 있다　正在讀。

例三：운전하다(開車)

→운전하+고 있다→운전하고 있다　正在開車。

➤ 例句參考

누나가 노래를 부르고 있어요.

nu.na.ga/no.re*.reul/bu.reu.go/i.sso*.yo

姊姊在唱歌。

엄마가 설거지를 하고 계십니다.

o*.m.ma.ga/so*l.go*.ji.reul/ha.go/gye.sim.ni.da

媽媽在洗碗。

기차 역에서 친구를 기다리고 있어요.

gi.cha/yo*.ge.so*/chin.gu.reul/gi.da.ri.go/i.sso*.yo

在火車站等朋友。

사장님은 뭐 하고 계세요?

sa.jang.ni.meun/mwo/ha.go/gye.se.yo

社長現在在做什麼？

그때는 샤워하고 있었어요.

geu.de*.neun/sya.wo.ha.go/i.sso*.sso*.yo

那時我在洗澡。

아내와 통화하고 있어요.

a.ne*.wa/tong.hwa.ha.go/i.sso*.yo

在和妻子講電話。

➤ **本單元詞彙**

노래를 부르다　no.re*.reul/bu.reu.da　［詞組］唱歌

설거지를 하다　so*l.go*.ji.reul/ha.da　［詞組］洗碗

샤워하다　sya.wo.ha.da　［動］洗澡／淋浴

통화하다　tong.hwa.ha.da　［動］通電話

祈使句
−(으)십시오.

重點說明

1. 為命令形終結語尾，接在語幹後方，表示有禮貌地請求對方做某事。相當於中文的「請您…」。

2. 通常使用在開會、報告、發表等的正式場合。

3. 接在動詞後方，當動詞語幹有尾音時，接「으십시오」；當動詞語幹沒有尾音時，接「십시오」。

4. −(으)십시오的否定型態是「～지 마십시오」。

　例一：가다(去)

　가＋십시오→가십시오. 請您去。

　例二：읽다(讀)

　읽＋으십시오→읽으십시오. 請您讀。

　例三：운전하다(開車)

　운전하＋십시오→운전하십시오. 請您開車。

➤ 例句參考

> **과일을 사십시오.**
> gwa.i.reul/ssa.sip.ssi.o
> 請買水果。

> **다른 사람에게 말하십시오.**
> da.reun/sa.ra.me.ge/mal.ha.ssip.ssi.o
> 請和其他人說。

김치를 더 주십시오.

gim.chi.reul/do*/ju.sip.ssi.o

請再給我一點泡菜。

생일 카드를 받으십시오.

se*ng.il/ka.deu.reul/ba.deu.sip.ssi.o

請收下生日卡片。

사진을 찍지 마십시오.

sa.ji.neul/jjik.jji/ma.sip.ssi.o

請勿拍照。

빨리 집에 돌아가십시오.

bal.li/ji.be/do.ra.ga.sip.ssi.o

請您快點回家。

➤ **本單元詞彙**

말하다　mal.ha.da　[動] 說話／說

받다　bat.da　[動] 收下／領取

사진을 찍다　sa.ji.neul/jjik.da　[詞組] 照相

돌아가다　do.ra.ga.da　[動] 回去

勸誘句
－(으)ㅂ시다.

重點説明

1. 勸誘型終結語尾，接在動詞語幹後方，表示向對方提出建議或邀請他人一起去做某事，相當於中文的「一起…吧！」。

2. 當動詞語幹以母音結束，就接ㅂ시다，當動詞語幹以子音結束，則接읍시다。

3. 雖然此為尊敬形勸誘句，但對比自己年紀大的長輩説話時，最好使用疑問句「－시겠어요?」或「－(으)시지요」等的表現方式。

例一：가다(去)

가＋ㅂ시다→갑시다. 去吧。

例二：읽다(讀)

읽＋읍시다→읽읍시다. 讀吧。

例三：시작하다(開始)

시작하＋ㅂ시다→시작합시다. 開始吧。

➤ 例句參考

학생 식당에 갑시다.

hak.sse*ng/sik.dang.e/gap.ssi.da

我們去學生餐廳吧。

돌솥비빔밥을 먹읍시다.

dol.sot.bi.bim.ba.beul/mo*.geup.ssi.da

我們吃石鍋拌飯吧。

한국 문화를 배웁시다.

han.guk/mun.hwa.reul/be*.up.ssi.da

一起學韓國文化吧。

이제 일어납시다.

i.je/i.ro*.nap.ssi.da

我們起床吧。

내일 저녁 일곱 시에 만납시다.

ne*.il/jo*.nyo*k/il.gop/si.e/man.nap.ssi.da

明天晚上七點見吧。

집에서 청소합시다.

ji.be.so*/cho*ng.so.hap.ssi.da

我們在家打掃吧。

➤ **本單元詞彙**

식당　sik.dang　［名］餐館／小吃店

문화　mun.hwa　［名］文化

일어나다　i.ro*.na.da　［動］起床／站起

청소하다　cho*ng.so.ha.da　［動］打掃

動詞否定形
－지 않다

重點説明

1. 接在動詞後方，用來否定動作。

2. 相當於中文的「不…」。

3. 也可以將有否定意思的副詞「안」放在動詞前方，同樣表示否定，和「－지 않다」的意義相同。

例一：가다(去)

가+지 않다→가지 않다　不去。

例二：읽다(讀)

읽+지 않다→읽지 않다　不讀。

例三：운전하다(開車)

운전하+지 않다→운전하지 않다　不開車。

➤ 例句參考

도쿄에 가지 않습니다.

do.kyo.e/ga.ji/an.sseum.ni.da

不去東京。

그것을 팔지 않아요.

geu.go*.seul/pal.jji/a.na.yo

我不賣那個。

고기를 안 먹어요.

go.gi.reul/an/mo*.go*.yo

我不吃肉。

저희 집에 안 오십니까?

jo*.hi/ji.be/an/o.sim.ni.ga

您不來我們家嗎？

저는 컴퓨터 게임을 안 합니다.

jo*.neun/ko*m.pyu.to*/ge.i.meul/an/ham.ni.da

我不玩遊戲。

그 사람을 좋아하지 않아요.

geu/sa.ra.meul/jjo.a.ha.ji/a.na.yo

我不喜歡那個人。

➤ **本單元詞彙**

팔다　pal.da　[動] 販賣／賣

저희　jo*.hi　[代] 我們(우리的謙語)

게임을 하다　ge.i.meul/ha.da　[詞組] 玩遊戲

좋아하다　jo.a.ha.da　[動] 喜歡

動詞否定形
－지 못하다

重點説明

1. 接在動詞語幹後方，表示沒有能力或因外在因素而無法做某事。

2. 相當於中文的「不能(做)…／無法(做)…」。

3. 也可以將有否定意思的副詞「못」接在動詞前方，和「－지 못하다」的意義相同。

例一：가다(去)

가＋지 못하다→가지 못하다　不能去。

例二：읽다(讀)

읽＋지 못하다→읽지 못하다　不能讀。

例三：운전하다(開車)

운전하＋지 못하다→운전하지 못하다　不能開車。

➤ 例句參考

머리가 아파서 출근 못 해요.

mo*.ri.ga/a.pa.so*/chul.geun/mot/he*.yo

因為頭痛無法去上班。

내일 학교에 가지 못해요.

ne*.il/hak.gyo.e/ga.ji/mo.te*.yo

明天不能去學校。

신발이 너무 커요. 못 신어요.

sin.ba.ri/no*.mu/ko*.yo//mot/si.no*.yo

鞋子很大，不能穿。

너무 매워요. 못 먹어요.

no*.mu/me*.wo.yo//mot/mo*.go*.yo

太辣了，不敢吃。

저는 일본어를 하지 못해요.

jo*.neun/il.bo.no*.reul/ha.ji/mo.te*.yo

我不會説日語。

시간이 없어서 운동하지 못합니다.

si.ga.ni/o*p.sso*.so*/un.dong.ha.ji/mo.tam.ni.da

因為沒有時間，不能去運動。

➤ **本單元詞彙**

머리가 아프다　mo*.ri.ga/a.peu.da　[詞組] 頭痛

크다　keu.da　[形] 大

신다　sin.da　[動] 穿(鞋)

없다　o*p.da　[形] 沒有／不在

116

動詞冠詞形
V＋는 N

重點說明

1. 接在動詞現在式語幹後方，修飾後面出現的名詞，表示正在進行的動作或經常反覆出現的動作。

2. 相當於中文的「…的…」。

3. 動詞語幹後方接「－는」。

例一：가다(去)

가＋는＋곳→가는 곳　去的地方

例二：읽다(讀)

읽＋는＋책→읽는 책　讀的書

例三：운전하다(開車)

운전하＋는＋차→운전하는 차　開的車

例四：먹다(吃)

먹＋는＋음식→먹는 음식　吃的食物

➤ 例句參考

> **이건 준수가 운전하는 차예요.**
>
> i.go*n/jun.su.ga/un.jo*n.ha.neun/cha.ye.yo
>
> 這是俊秀開得車。

> **그건 언니가 쓰는 향수예요.**
>
> geu.go*n/o*n.ni.ga/sseu.neun/hyang.su.ye.yo
>
> 那是姊姊用得香水。

제가 지금 있는 위치는 어디예요?

je.ga/ji.geum/in.neun/wi.chi.neun/o*.di.ye.yo

我現在的位置在哪裡？

제일 좋아하는 사람이 누구세요?

je.il/jo.a.ha.neun/sa.ra.mi/nu.gu.se.yo

你最喜歡的人是誰？

이건 제가 하는 일입니다.

i.go*n/je.ga/ha.neun/i.rim.ni.da

這是我做得事。

지금 사시는 곳이 어디세요?

ji.geum/sa.si.neun/go.si/o*.di.se.yo

現在您住的地方在哪？

➤ **本單元詞彙**

이건　i.go*n　[詞組] 這個（이것은的略語）

쓰다　sseu.da　[動] 使用

하다　ha.da　[動] 做

살다　sal.da　[動] 居住

動詞冠詞形
V +(으)ㄴ N

重點說明

1. 接在動詞過去式語幹後方,修飾後面出現的名詞,表示該行為在過去已經完成。

2. 相當於中文的「…的…」。

3. 動詞語幹以母音結束時,接「-ㄴ」;動詞語幹以子音結束時,接「-은」

例一：가다(去)

가+ㄴ+곳→간 곳　去過的地方

例二：읽다(讀)

읽+은+책→읽은 책　讀過的書

例三：운전하다(開車)

운전하+ㄴ+차→운전한 차　開過的車

例四：먹다(吃)

먹+은+음식→먹은 음식　吃過的食物

➤ 例句參考

> ### 잃은 지갑을 찾았어요.
>
> i.reun/ji.ga.beul/cha.ja.sso*.yo
> 找到弄丟的皮夾了。

어제 외운 단어를 잊어버렸어요.

o*.je/we.un/da.no*.reul/i.jo*.bo*.ryo*.sso*.yo

昨天背得單字忘光了。

저는 대만에서 온 장숙영입니다.

jo*.neun/de*.ma.ne.so*/on/jang.su.gyo*ng.im.ni.da

我是從台灣來的張淑英。

방금 받은 돈은 얼마예요?

bang.geum/ba.deun/do.neun/o*l.ma.ye.yo

你剛才拿到的錢是多少？

어제 한 일이 기억이 안 나요.

o*.je/han/i.ri/gi.o*.gi/an.na.yo

昨天做的事情想不起來了。

아침에 산 빵을 다 먹었어요.

a.chi.me/san/bang.eul/da/mo*.go*.sso*.yo

早上買的麵包都吃完了。

➤ **本單元詞彙**

잃다　il.ta　[動] 丟失／不見

찾다　chat.da　[動] 找尋

외우다　we.u.da　[動] 背／背誦

기억이 나다　gi.o*.gi/na.da　[詞組] 想起來

動詞冠詞形
V + (으)ㄹ N

重點說明

1. 接在動詞未來式語幹後方，修飾後面出現的名詞，表示動作或行為將要發生。

2. 相當於中文的「…的…」。

3. 動詞語幹以母音結束時，接「－ㄹ」；動詞語幹以子音結束時，接「－을」。

例一：가다(去)

가+ㄹ+곳→갈 곳　要去的地方

例二：읽다(讀)

읽+을+책→읽을 책　要讀的書

例三：운전하다(開車)

운전하+ㄹ+차→운전할 차　要開的車

例四：먹다(吃)

먹+을+음식→먹을 음식　要吃的食物

➤ 例句參考

제가 가져갈 우산이 어디에 있어요?

je.ga/ga.jo*.gal/u.sa.ni/o*.di.e/i.sso*.yo

我要拿走的雨傘在哪裡？

파티에 먹을 음식을 준비했어요.

pa.ti.e/mo*.geul/eum.si.geul/jjun.bi.he*.sso*.yo

準備好派對要吃的東西了。

먹을 것이 이거밖에 없어요.

mo*.geul/go*.si/i.go*.ba.ge/o*p.sso*.yo

吃的東西只有這個。

마실 거 좀 주세요.

ma.sil/go*/jom/ju.se.yo

請給我喝的。

여기가 앞으로 내가 살 집이에요.

yo*.gi.ga/a.peu.ro/ne*.ga/sal/jji.bi.e.yo

這裡是我以後要住的家。

우리가 갈 곳은 어디예요?

u.ri.ga/gal/go.seun/o*.di.ye.yo

我們要去的地方是哪裡？

➤ **本單元詞彙**

가져가다　ga.jo*.ga.da　［動］帶走／拿走

우산　u.san　［名］雨傘

준비하다　jun.bi.ha.da　［動］準備

앞으로　a.peu.ro　［詞組］未來／以後

Chapter 4
形容詞篇

形容詞
형용사

重點說明

1. 韓語「形容詞」表示事物的狀態或性質。
2. 形容詞使用在句子後方的敘述語中，用來解釋、說明主語。
3. 形容詞又稱「狀態動詞」。
4. 所有形容詞的最後一個字皆為「다」；다稱為「語尾」，다前方的字稱為「語幹」。當形容詞與各種活用語尾一起使用時，必須先把다去掉，由語幹來銜接各種語尾變化。

例如：

➤ 形容詞原形

原形	語幹	語尾	語尾 - (ㅂ)습니다.
바쁘다(忙)	쁘	다	바쁩니다
높다(高)	높	다	높습니다
귀엽다(可愛)	엽	다	귀엽습니다
좋다(好)	좋	다	좋습니다
멋있다(帥)	있	다	멋있습니다
크다(大)	크	다	큽니다

➤ 各種語尾變化 - 以좋다(好)為例

韓語有各種語尾變化，連接在形容詞語幹後方，可以表達各種不同的意思或語感。

活用語尾分類	連接語尾後的型態	
格式體尊敬形 - (ㅂ)습니다.	좋습니다.	好
非格式體尊敬形 - 아/어요.	좋아요.	好
過去式 - 았/었/였	좋았어요.	(過去)好
未來式 - (으)ㄹ 거예요.	좋을 거예요.	(將會)好
假定形 - (으)면	좋으면	好的話
對立形 - 지만	좋지만	雖然好
敬語形 - (으)시	좋으시	好
否定形 - 지 않다	좋지 않다	不好
冠詞形 - ㄴ/은 + N	좋은 집	好的家
轉副詞形 - 게	좋게	好地
轉動詞形 - 아/어지다	좋아지다	變好

形容詞分類

一、指示形容詞(지시 형용사)

指示形容詞是指示事物的性質、模樣、狀態的形容詞。

> ➤ 例句參考

사실은 이렇습니다.

sa.si.reun/i.ro*.sseum.ni.da

事實是這樣的。

왜 그래요?

we*/geu.re*.yo

為什麼那樣？

그 사람은 왜 저렇게 운전을 하는 걸까요?

geu/sa.ra.meun/we*/jo*.ro*.ke/un.jo*.neul/ha.neun/go*l.

ga.yo

那個人為什麼那樣開車？

어떤 사람이 좋아요?

o*.do*n/sa.ra.mi/jo.a.yo

你喜歡什麼樣的人？

➤ 屬於指示形容詞的詞彙

原型	中文	原型	中文
이렇다	這樣	이러하다	這樣
그렇다	那樣	그러하다	那樣
저렇다	那樣	저러하다	那樣
어떻다	怎樣	어떠하다	怎樣

二、心理形容詞(심리 형용사)

表示主語(說話者)內心狀態的形容詞。

➤ 例句參考

난 하나도 두렵지 않아요.

nan/ha.na.do/du.ryo*p.jji/a.na.yo

我一點也不害怕。

오늘 정말 즐거웠어요.

o.neul/jjo*ng.mal/jjeul.go*.wo.sso*.yo

今天真的很開心。

배우 이승기를 만나 너무 기뻐요.

be*.u/i.seung.gi.reul/man.na/no*.mu/gi.bo*.yo

見到歌手李昇基很高興。

요즘 외롭나요?

yo.jeum/we.rom.na.yo

你最近孤單嗎？

➤ **屬於心理形容詞的詞彙**

原型	中文	原型	中文
기쁘다	開心	슬프다	難過
아프다	痛／不適	즐겁다	快樂
반갑다	高興	두렵다	害怕
외롭다	孤單	아깝다	可惜

三、**性狀形容詞**(성상 형용사)

表示事物的性質或狀態的形容詞。

➤ **例句參考**

사람이 많습니다.

sa.ra.mi/man.sseum.ni.da

人多。

책이 두꺼워요.

che*.gi/du.go*.wo.yo

書厚。

글씨가 작아요.

geul.ssi.ga/ja.ga.yo

字小。

얼굴이 항상 빨갛습니다.

o*l.gu.ri/hang.sang/bal.ga.sseum.ni.da

臉常常紅紅的。

➤ **屬於性狀形容詞的詞彙**

原型	中文	原型	中文
많다	多	적다	少
크다	大	작다	小
높다	高	낮다	低
밝다	亮	어둡다	暗

四、存在形容詞(존재 형용사)

1. 存在形容詞有「있다(有／在)」和「없다(沒有／不在)」。

2. 「있다」同時具有動詞和形容詞的功能，必須依照句意來判斷其詞性為動詞還是形容詞。因此，「있다」又可稱為「兩用動詞」。

3. 「없다」則較為單純，一般被拿來當作形容詞使用，但後方接上語尾時，有時須以動詞的方式來連接。

4. 「있다」的敬語為「계시다」；「없다」的敬語為「안 계시다」。

➤ 例句參考

그릇이 식탁에 있어요.

geu.reu.si/sik.ta.ge/i.sso*.yo

碗盤在餐桌上。

할머니가 방에 계십니다.

hal.mo*.ni.ga/bang.e/gye.sim.ni.da

奶奶在房間。

오후 두 시까지는 여기에 있으세요.

o.hu/du/si.ga.ji.neun/yo*.gi.e/i.sseu.se.yo

到下午兩點為止，請你待在這裡。

전 남자 친구가 없어요.

jo*n/nam.ja/chin.gu.ga/o*p.sso*.yo

我沒有男朋友。

五、規則形容詞＆不規則形容詞

1. 形容詞又可分規則形容詞(규칙 형용사)與不規則形容詞(불규칙 형용사)。

2. 「規則形容詞」指形容詞語幹與各種活用語尾結合時，語幹尾音不會發生變化的形容詞。

3. 「不規則形容詞」指形容詞語幹與各種活用語尾結合時，語幹尾音會發生變化的形容詞。

➤ 例句參考

한국어 문법이 어려워요.

➡ 어렵다(困難)屬於ㅂ不規則變化　詳見p.150

han.gu.go*/mun.bo*.bi/o*.ryo*.wo.yo

韓語文法很難。

진도가 너무 빨라요.

➡ 빠르다(快)屬於르不規則變化　詳見p.148

jin.do.ga/no*.mu/bal.la.yo

進度太快。

이것이 어때요?

➡ 어떻다(如何)屬於ㅎ不規則變化　詳見p.154

i.go*.si/o*.de*.yo

這個如何？

➤ 本單元詞彙

기분　gi.bun　[名] 心情

품질　pum.jil　[名] 品質

사실　sa.sil　[名] 事實

사람　sa.ram　[名] 人

정말　jo*ng.mal　[副] 真的

배우　be*.u　[名] 演員

形容詞過去式
一았/었/였

重點説明

1. 形容詞過去式，就是在形容詞語幹後方加上表示過去時制的語尾「았/었/였」。

2. 當形容詞語幹的母音是「ㅏ.ㅗ」時，就接「았」。

3. 當形容詞語幹的母音不是「ㅏ.ㅗ」時，就接「었」。

4. 如果是하다類的詞彙，就接였，兩者結合後會變成「했」。

5. 當過去式「았/었/였」後方，銜接尊敬形終結語尾「아/어요.」時，一律使用「어요」。

　例一：좋다(好)

　좋＋았＋어요→좋았어요. (過去)好

　例二：예쁘다(漂亮)

　예쁘＋었＋어요→예쁘었어요→예뻤어요. (過去)忙

　例三：건강하다(健康)

　건강하＋였＋어요→건강하였어요. (＝건강했어요.)

　(過去)健康

➤ 例句參考

> ### 요즘은 많이 바빴습니다.
>
> yo.jeu.meun/ma.ni/ba.bat.sseum.ni.da
>
> 最近太忙了。

일본 여행은 재미있었습니다.

il.bon/yo*.he*ng.eun/je*.mi.i.sso*t.sseum.ni.da

日本旅行很好玩。

학교 도서관은 조용했습니다.

hak.gyo/do.so*.gwa.neun/jo.yong.he*t.sseum.ni.da

學校圖書館很安靜。

그것이 싫었어요.

geu.go*.si/si.ro*.sso*.yo

(以前)討厭那個。

경치가 매우 아름다웠어요.

gyo*ng.chi.ga/me*.u/a.reum.da.wo.sso*.yo

風景很美。

어제 많이 추웠어요.

o*.je/ma.ni/chu.wo.sso*.yo

昨天很冷。

➤ 本單元詞彙

재미있다　je*.mi.it.da　［形］有趣

조용하다　jo.yong.ha.da　［形］安靜

아름답다　a.reum.dap.da　［形］美麗

많이　ma.ni　［副］多

形容詞未來式
－(으)ㄹ 것이다

重點說明

1. 接在動詞或形容詞後方，當語幹以母音結束或ㄹ結束，就接「－ㄹ 것이다」；若語幹以子音結束，則接「－을 것이다」。

2. 當形容詞與「(으)ㄹ 것이다」一起使用時，表示說話者的「推測」。

3. 相當於中文的「大概／應該會…」。

4. 「(으)ㄹ 것이다」和尊敬形終結語尾「(ㅂ)습니다」一起使用時，會變成「(으)ㄹ 것입니다」或「(으)ㄹ 겁니다」的型態；一般後者較常用。

5. 「(으)ㄹ 것이다」和尊敬形終結語尾「아/어요」一起使用時，會變成「(으)ㄹ 거예요」的型態。

例一：좋다(好)

좋＋을 거예요→좋을 거예요.　(應該)會好

例二：예쁘다(漂亮)

예쁘＋ㄹ 거예요→예쁠 거예요.　(應該)會漂亮

例三：건강하다(健康)

건강하＋ㄹ 거예요→건강할 거예요.　(應該)會健康

➤ 例句參考

> **거기에 사람이 많을 거예요.**
>
> go*.gi.e/sa.ra.mi/ma.neul/go*.ye.yo
>
> 那裡人應該很多。

그것도 아마 예쁠 거에요.

geu.go*t.do/a.ma/ye.beul/go*.e.yo

那個應該也很漂亮。

그게 어려울 거예요.

geu.ge/o*.ryo*.ul/go*.ye.yo

那個應該很難。

올해 석유 값이 비쌀 거예요.

ol.he*/so*.gyu/gap.ssi/bi.ssal/go*.ye.yo

今年石油價格應該會很貴。

만족도가 높을 거예요.

man.jok.do.ga/no.peul/go*.ye.yo

滿意度應該很高。

내일은 더 추울 거예요.

ne*.i.reun/do*/chu.ul/go*.ye.yo

明天應該會更冷。

➤ **本單元詞彙**

아마　a.ma　[副] 大概／可能

석유　so*.gyu　[名] 石油

비싸다　bi.ssa.da　[形] 貴

만족도　man.jok.do　[名] 滿意度

形容詞否定形
―지 않다

重點說明

1. 接在形容詞語幹後方，用來否定狀態。

2. 相當於中文的「不…」。

3. 也可以將有否定意思的副詞「안」放在形容詞前方，同樣表示
   否定，和「―지 않다」的意義相同。

   例一：좋다(好)

   좋＋지 않다→좋지 않다　不好

   例二：예쁘다(漂亮)

   예쁘＋지 않다→예쁘지 않다　不漂亮

   例三：건강하다(健康)

   건강하＋지 않다→건강하지 않다　不健康

➤ 例句參考

준영 오빠는 키가 작지 않아요.

ju.nyo*ng/o.ba.neun/ki.ga/jak.jji/a.na.yo

俊英哥個子不矮。

미연 씨는 뚱뚱하지 않아요.

mi.yo*n/ssi.neun/dung.dung.ha.ji/a.na.yo

美妍不胖。

한국요리는 안 매워요.

han.gu.gyo.ri.neun/an/me*.wo.yo

韓國菜不辣。

이 귤은 시지 않아요.

i/gyu.reun/si.ji/a.na.yo

這橘子不酸。

명품 가방이 싸지 않아요.

myo*ng.pum/ga.bang.i/ssa.ji/a.na.yo

名牌包不便宜。

후지산이 높지 않아요.

hu.ji.sa.ni/nop.jji/a.na.yo

富士山不高。

➤ **本單元詞彙**

키가 작다　ki.ga/jak.da　　[詞組] 個子矮

뚱뚱하다　dung.dung.ha.da　　[形] 胖

한국 요리　han.guk/yo.ri　　[名] 韓國菜

시다　si.da　[形] 酸

形容詞冠詞形
−A＋(으)ㄴ N

重點説明

1. 接在形容詞語幹後方，修飾後面出現的名詞，表示事物現在的性質或狀態。

2. 相當於中文的「…的…」。

3. 形容詞語幹以母音結束時，接「−ㄴ」；形容詞語幹以子音結束時，接「−은」。

例一：좋다(好)

좋＋은＋곳→좋은 곳　好的地方

例二：예쁘다(漂亮)

예쁘＋ㄴ＋여자→예쁜 여자　漂亮的女生

例三：건강하다(健康)

건강하＋ㄴ＋몸→건강한 몸　健康的身體

例四：맑다(晴朗)

맑＋은＋날씨→맑은 날씨　晴朗的天氣

➤ 例句參考

건강한 몸을 유지하려고 합니다.

go*n.gang.han/mo.meul/yu.ji.ha.ryo*.go/ham.ni.da

我想維持健康的身體。

그녀는 예쁜 여자예요.

geu.nyo*.neun/ye.beun/yo*.ja.ye.yo

她是漂亮的女生。

더 작은 사이즈로 보여주세요.

do*/ja.geun/sa.i.jeu.ro/bo.yo*.ju.se.yo

請再給我看小一點的尺寸。

오늘은 흐린 날씨입니다.

o.neu.reun/heu.rin/nal.ssi.im.ni.da

今天是陰天。

귀여운 인형을 사고 싶어요.

gwi.yo*.un/in.hyo*ng.eul/ssa.go/si.po*.yo

我想買可愛的娃娃。

단 음식이 싫습니다.

dan/eum.si.gi/sil.sseum.ni.da

我討厭甜食。

形容詞轉副詞形
－게

重點説明

1. 把形容詞的語尾다去掉，加上게後，可以把形容詞轉變為副詞。

2. 「A＋게」用來表達後面動作的目地、程度或方法。

3. 相當於中文的「…地」。

　例一：좋다(好)

　좋＋게→좋게　好地

　例二：예쁘다(漂亮)

　예쁘＋게→예쁘게　漂亮地

　例三：건강하다(健康)

　건강하＋게→건강하게　健康地

　例四：맛있다(好吃)

　맛있＋게→맛있게　好吃地

➤ 例句參考

> **간단하게 설명해 주세요.**
>
> gan.dan.ha.ge/so*l.myo*ng.he*/ju.se.yo
>
> 請您簡單作説明。

어제는 재미있게 놀았습니다.

o*.je.neun/je*.mi.it.ge/no.rat.sseum.ni.da

昨天我玩得很開心。

화장실을 깨끗하게 청소해 주세요.

hwa.jang.si.reul/ge*.geu.ta.ge/cho*ng.so.he*/ju.se.yo

請把廁所打掃乾淨。

앞머리를 짧게 자르고 싶어요.

am.mo*.ri.reul/jjap.ge/ja.reu.go/si.po*.yo

我想把劉海剪短。

자, 사진 찍습니다. 예쁘게 웃으세요.

ja//sa.jin/jjik.sseum.ni.da//ye.beu.ge/u.seu.se.yo

來，拍照了！笑得美一點！

행복하게 지내세요.

he*ng.bo.ka.ge/ji.ne*.se.yo

祝你過得幸福。

➤ **本單元詞彙**

간단하다　gan.dan.ha.da　〔形〕簡單

깨끗하다　ge*.geu.ta.da　〔形〕乾淨

짧다　jjap.da　〔形〕短

자르다　ja.reu.da　〔動〕剪／裁

形容詞轉動詞形
ㅡ아/어지다

重點説明

1.「아/어지다」表示狀態的「變化」。

2. 形容詞語幹和아/어지다結合後會變成動詞，表示「漸漸變成某一狀態」。

3. 相當於中文「變得…起來」。

4. 當形容詞語幹的母音是「ㅏ.ㅗ」時，就接「아지다」。

5. 當形容詞語幹的母音不是「ㅏ.ㅗ」時，就接「어지다」。

6. 如果是하다類的詞彙，就接여지다，兩者結合後會變成「해지다」。

例一：좋다(好)

좋+아지다→좋아지다　變好

例二：예쁘다(漂亮)

예쁘+어지다→예뻐+어지다→예뻐지다　變漂亮

例三：건강하다(健康)

건강하+여지다→건강하여지다(＝건강해지다)　變健康

➤ 例句參考

요즘 왜 더 바빠져요?

yo.jeum/we*/do*/ba.ba.jo*.yo

你為什麼最近變得更忙？

소리가 작아져요.

so.ri.ga/ja.ga.jo*.yo

聲音變小。

날씨가 점점 더워져요.

nal.ssi.ga/jo*m.jo*m/do*.wo.jo*.yo

天氣漸漸變熱。

한국에 와서 한국 친구가 많아졌어요.

han.gu.ge/wa.so*/han.guk/chin.gu.ga/ma.na.jo*.sso*.yo

來韓國後，韓國朋友多了起來。

김 여사는 많이 젊어졌습니다.

gim/yo*.sa.neun/ma.ni/jo*l.mo*.jo*t.sseum.ni.da

金女士變得很年輕。

그녀는 많이 날씬해졌어요.

geu.nyo*.neun/ma.ni/nal.ssin.he*.jo*.sso*.yo

她變得很苗條。

➤ **本單元詞彙**

왜　we*　[副] 為什麼

점점　jo*m.jo*m　[副] 漸漸

젊다　jo*m.da　[形] 年輕

날씬하다　nal.ssin.ha.da　[形] 苗條

Note

Chapter 5
動詞、形容詞
不規則變化

ㄹ不規則變化

重點說明

1.語幹尾音以ㄹ結束的動詞、形容詞，後面遇到以「ㄴ」、「ㅂ」、「ㅅ」開頭的語尾時，「ㄹ」會脫落。

例1：살다(居住)＋終結語尾－습니다

살＋습니다→사＋ㅂ니다→삽니다

例2：살다(居住)＋動詞冠詞形－는

살＋는＋곳→사＋는＋곳→사는 곳

2.尾音以ㄹ結束的詞彙，後面遇到으開頭時，「으」會脫落。

例3：살다(居住)＋連接語尾－(으)려고

살＋으려고→살＋려고→살려고

例4：살다(居住)＋終結語尾－읍시다

살＋읍시다→살＋ㅂ시다→사＋ㅂ시다→삽시다

➤ 例句參考

저는 서울에서 삽니다.

jo*.neun/so*.u.re.so*/sam.ni.da

我住在首爾。

물건을 많이 파세요.

mul.go*.neul/ma.ni/pa.se.yo

祝生意興隆。

저기 우는 아이가 누구의 아이입니까?

jo*.gi/u.neun/a.i.ga/nu.gu.ui/a.i.im.ni.ga

在那裡哭的小孩是誰的孩子？

동생이 공원에서 놉니다.

dong.se*ng.i/gong.wo.ne.so*/nom.ni.da

弟弟在公園玩耍。

그 일을 아십니까?

geu/i.reul/a.sim.ni.ga

你知道那件事嗎？

생일 케이크를 만드세요.

se*ng.il/ke.i.keu.reul/man.deu.se.yo

請你做生日蛋糕。

➤ **屬於ㄹ不規則變化的詞彙**

原型	中文	原型	中文
멀다	遠	만들다	製作
벌다	賺(錢)	졸다	打瞌睡
울다	哭	놀다	玩
열다	打開	팔다	賣

르不規則變化

重點說明

語幹以「르」結尾的大部分詞彙，後面遇到母音(遇到ㅇ時)時，르的母音「ㅡ」會脫落，並且在前一個字尾後面加上ㄹ的尾音。

例1：모르다(不知道)＋終結語尾－아요

　　모르＋아요→모ㄹ＋ㄹ＋아요＝몰라요

例2：흐르다(流)＋連接語尾－어서

　　흐르＋어서→흐ㄹ＋ㄹ＋어서→흘러서

例3：빠르다(快)＋過去式－았

　　빠르＋았→빠ㄹ＋ㄹ＋았→빨랐다

例4：부르다(叫)＋連接語尾－어도

　　부르＋어도→부ㄹ＋ㄹ＋어도→불러도

➤ 例句參考

머리카락을 잘랐습니다.

mo*.ri.ka.ra.geul/jjal.lat.sseum.ni.da

剪了頭髮。

이것과 그것은 달라요.

i.go*t.gwa/geu.go*.seun/dal.la.yo

這個和那個不一樣。

그 사람을 몰라요.

geu/sa.ra.meul/mol.la.yo

我不認識那個人。

마음에 드는 걸 골라 보세요.

ma.eu.me/deu.neun/go*l/gol.la/bo.se.yo

請挑選您喜歡的。

목이 말라서 콜라 한 캔을 샀어요.

mo.gi/mal.la.so*/kol.la/han/ke*.neul/ssa.sso*.yo

口渴，所以買了一罐可樂。

너무 배불러서 더 이상 먹을 수 없어요.

no*.mu/be*.bul.lo*.so*/do*/i.sang/mo*.geul/ssu/o*p.sso*.yo

肚子太飽了，再也吃不下了。

➤ **屬於르不規則變化的詞彙**

原型	中文	原型	中文
다르다	不同	서두르다	急忙
기르다	養	마르다	乾
고르다	挑選	흐르다	流
자르다	剪	부르다	呼喚／叫

ㅂ不規則變化

重點說明

1. 語幹尾音以ㅂ結束的部分詞彙，遇到以母音開頭的語尾時，ㅂ 會變成「우」。

   例1：가깝다(近)+終結語尾－아요

   가깝+아요→가까우+어요→가까워요

   例2：덥다(熱)+連結語尾－어서

   덥+어서→더우+어서→더워서

   例3：맵다(辣)+過去式－었

   맵+었→매우+었→매웠다

2. 有兩個例外的詞彙「돕다(幫助)」和「곱다(漂亮)」，當這兩 個詞彙遇到過去式「았」或以「아」開頭的語尾時，ㅂ會變成 「오」。

   例4：돕다(幫助)+終結語尾－아요

   돕+아요→도오+아요→도와요

   例5：곱다(漂亮)+連結語尾－아서

   곱+아서→고오+아서→고와서

➤ **例句參考**

도와 줘서 고마워요.

do.wa/jwo.so*/go.ma.wo.yo

謝謝你幫助我。

누워서 텔레비전을 봐요.

nu.wo.so*/tel.le.bi.jo*.neul/bwa.yo

躺著看電視。

매운 음식은 좋아요.

me*.un/eum.si.geun/jo.a.yo

我喜歡吃辣的食物。

정 선생님은 마음씨가 너무 고와요.

jo*ng/so*n.se*ng.ni.meun/ma.eum.ssi.ga/no*.mu/go.wa.yo

鄭老師心腸太好了。

날씨가 더워서 아이스크림을 먹고 싶어요.

nal.ssi.ga/do*.wo.so*/a.i.seu.keu.ri.meul/mo*k.go/si.po*.yo

天氣熱，想吃冰淇淋。

사자가 무서워요.

sa.ja.ga/mu.so*.wo.yo

獅子很可怕。

ㄷ不規則變化

重點說明

語幹尾音以「ㄷ」結束的小部分詞彙，後面遇上母音(遇到ㅇ)時，ㄷ要變成「ㄹ」。

例1：묻다(問)＋終結語尾－어요

묻＋어요→물＋어요→물어요

例2：듣다(聽)＋連接語尾－으면

듣＋으면→들＋으면→들으면

例3：걷다(走路)＋終結語尾－을까요?

걷＋을까요→걸＋을까요→걸을까요?

例4：묻다(問)＋終結語尾－읍시다

묻＋읍시다→물＋읍시다→물읍시다

➤ 例句參考

뭐 좀 물읍시다.

mwo/jom/mu.reup.ssi.da

我來問個問題吧。

친구가 물으면 대답하지 마세요.

chin.gu.ga/mu.reu.myo*n/de*.da.pa.ji/ma.se.yo

朋友問的話，請不要回答。

회사에서 식당까지 걸어가요.

hwe.sa.e.so*/sik.dang.ga.ji/go*.ro*.ga.yo

從公司走去餐館。

잘 들으세요.

jal/deu.reu.se.yo

請好好聽。

이 노래 들었어요?

i/no.re*/deu.ro*.sso*.yo

你聽這首歌了嗎？

드디어 저의 문제점을 깨달았어요!

deu.di.o*/jo*.ui/mun.je.jo*.meul/ge*.da.ra.sso*.yo

我終於弄懂我的問題點了。

➤ 屬於ㄷ不規則變化的詞彙

原型	中文	原型	中文
걷다	走路	일컫다	稱為
듣다	聽	깨닫다	領悟
묻다	問	싣다	裝載

ㅎ不規則變化

重點說明

1. 語幹尾音以ㅎ結束的少數形容詞，遇到母音開頭的語尾時，ㅎ 會脫落。

例1：어떻다(如何)＋冠詞形－은

어떻＋은→어떠＋ㄴ→어떤

例2：어떻다(如何)＋連結語尾－으면

어떻＋으면→어떠＋면→어떠면

例3：어떻다(如何)＋終結語尾－으세요

어떻＋으세요→어떠＋세요→어떠세요

2. 語幹尾音以ㅎ結束的少數形容詞，後面接上아/어開頭的語尾 時，ㅎ會脫落，同時在語幹的母音上加上「ㅣ」。

例3：어떻다(如何)＋終結語尾－어요

어떻＋어요→어떠＋ㅣ＋요→어때요

例4：이렇다(這樣)＋連結語尾－어서

이렇＋어서→어러＋ㅣ＋서→이래서

例6：그렇다(那樣)＋連結語尾－어도

그렇＋어도→그러＋ㅣ＋도→그래도

➤ 例句參考

그것이 어때요?

geu.go*.si/o*.de*.yo

那個如何？

나는 노란 색을 싫어해요.

na.neun/no.ran/se*.geul/ssi.ro*.he*.yo

我討厭黃色。

그러면 더 편리합니다.

geu.ro*.myo*n/do*/pyo*l.li.ham.ni.da

那樣的話更方便。

어떤 영화를 좋아합니까?

o*.do*n/yo*ng.hwa.reul/jjo.a.ham.ni.ga

你喜歡什麼樣的電影？

저는 얼굴이 빨개요.

jo*.neun/o*l.gu.ri/bal.ge*.yo

我的臉是紅的。

➤ **屬於ㅎ不規則變化的詞彙**

原型	中文	原型	中文
이렇다	這樣	빨갛다	紅
그렇다	那樣	파랗다	藍
저렇다	那樣	하얗다	白
어떻다	如何	노랗다	黃

ㅅ不規則變化

重點說明

語幹尾音以ㅅ結束的小部分詞彙，後面遇到母音(遇到ㅇ)時，ㅅ會脫落。

例1：낫다(治癒)＋終結語尾－아요

　　　낫＋아요→나아요

例2：낫다(治癒)＋連接語尾－으면

　　　낫＋으면→나＋으면→나으면

例3：긋다(劃)＋連接語尾－어서

　　　긋＋어서→그＋어서→그어서

例4：짓다(蓋)＋過去式－었

　　　짓＋었→지＋었→지었다

➤ 例句參考

> **병이 많이 나았어요.**
> byo*ng.i/ma.ni/na.a.sso*.yo
> 病好很多了。

> **줄을 그어보세요.**
> ju.reul/geu.o*.bo.se.yo
> 請劃線。

새 집을 지었어요. 이제 이사 준비를 해야 돼요.

se*/ji.beul/jji.o*.sso*.yo//i.je/i.sa/jun.bi.reul/he*.ya/dwe*.yo

新家蓋好了。現在該準備搬家了。

홍차에 설탕을 넣고 잘 저어요.

hong.cha.e/so*l.tang.eul/no*.ko/jal/jjo*.o*.yo

把糖加入紅茶中好好攪拌。

많이 울어서 눈이 부었어요.

ma.ni/u.ro*.so*/nu.ni/bu.o*.sso*.yo

因為大哭一場，所以眼睛腫起來了。

여기에 학교를 지으면 좋겠어요.

yo*.gi.e/hak.gyo.reul/jji.eu.myo*n/jo.ke.sso*.yo

希望可以在這裡蓋學校。

➤ 屬於ㅅ不規則變化的詞彙

原型	中文	原型	中文
낫다	治癒／變好	잇다	連結
붓다	腫／傾倒	긋다	劃(線)
젓다	攪拌	짓다	蓋(房子)

一不規則變化

重點說明

1. 語幹以母音「ㅡ」結束的大部分詞彙，後面遇到母音(遇到ㅏ, ㅓ)時，母音「ㅡ」會變成「ㅏ」或「ㅓ」。

2. 當「ㅡ」前面的音節母音是ㅏ或ㅗ時，母音「ㅡ」會變為「ㅏ」。

例1：바쁘다(忙)+終結語尾－아요

바쁘＋아요→바빠＋ㅏ＋아요→바빠요

例2：아프다(痛)+連接語尾－아서

아프＋아서→아파＋ㅏ＋아서→아파서

3. 當「ㅡ」前面的音節母音不是ㅏ或ㅗ時，母音「ㅡ」會變為「ㅓ」。

例3：슬프다(難過／傷心)+終結語尾－어요

슬프＋어요→슬퍼＋ㅓ＋어요→슬퍼요

例4：예쁘다(漂亮)+連接語尾－어서

예쁘＋어서→예뻐＋ㅓ＋어서→예뻐서

➤ 例句參考

머리가 아파서 회사에 안 가요.

mo*.ri.ga/a.pa.so*/hwe.sa.e/an/ga.yo

因為頭痛，不去上班。

바빠서 못 자요.

ba.ba.so*/mot/ja.yo

因為忙，無法睡覺。

첫 월급을 받아서 너무 기뻐요.

cho*t/wol.geu.beul/ba.da.so*/no*.mu/gi.bo*.yo

拿到第一份薪水，很開心。

배가 고파요. 밥 먹으러 가요.

be*.ga/go.pa.yo//bap/mo*.geu.ro*/ga.yo

肚子餓了，我們去吃飯吧。

옷이 너무 커서 안 샀어요.

o.si/no*.mu/ko*.so*/an/sa.sso*.yo

衣服太大件了，所以沒有買。

이 모자는 참 예뻐요.

i/mo.ja.neun/cham/ye.bo*.yo

這頂帽子真美。

➤ **屬於ㅡ不規則變化的詞彙**

原型	中文	原型	中文
아프다	痛	바쁘다	忙
예쁘다	漂亮	고프다	餓
쓰다	苦	슬프다	難過／傷心
크다	大	기쁘다	高興

Note

Chapter 6
助詞篇

—이/가

重點說明

1. 為主格助詞，加在名詞後方，該名詞則為句子的主詞。
2. 如果名詞以母音結束，就加가；如果名詞以子音結束，則加이。

➤ 例句參考

벌레가 싫어요.

bo*l.le.ga/si.ro*.yo

我討厭蟲子。

성격이 좋아요.

so*ng.gyo*.gi/jo.a.yo

個性好。

책상에 공책이 있어요.

che*k.ssang.e/gong.che*.gi/i.sso*.yo

書桌上有筆記本。

무엇이 있어요?

mu.o*.si/i.sso*.yo

有什麼？

그 사람이 김윤주예요.

geu/sa.ra.mi/gi.myun.ju.ye.yo

那個人是金允朱。

인삼이 몸에 좋아요.

in.sa.mi/mo.me/jo.a.yo

人蔘對身體很好。

배가 고파요.

be*.ga/go.pa.yo

肚子餓。

➤ 會話

A : 누가 방에 있어요?

nu.ga/bang.e/i.sso*.yo

誰在房間？

B : 할머니가 방에 계세요.

hal.mo*.ni.ga/bang.e/gye.se.yo

奶奶在房間。

➤ 本單元詞彙

벌레 bo*l.le [名] 蟲子

성격 so*ng.gyo*k [名] 個性

책상 che*k.ssang [名] 書桌

–은/는

重點説明

1. 為補助助詞，接在名詞後方，表示句子的主題或闡述的對象。
2. 當名詞以母音結束，要加는，當名詞以子音結束，則加은。

➤ 例句參考

저는 대만 사람입니다.

jo*.neun/de*.man/sa.ra.mim.ni.da

我是台灣人。

손은 커요. 발은 작아요.

so.neun/ko*.yo//ba.reun/ja.ga.yo

手大，腳小。

이것은 편지예요.

i.go*.seun/pyo*n.ji.ye.yo

這個是信。

지난 주에 서울에 갔었어요. 서울은 추웠어요.

ji.nan/ju.e/so*.u.re/ga.sso*.sso*.yo//so*.u.reun/chu.wo.sso*.yo

我上周去了首爾。首爾很冷。

➤ 會話一

A : 아침에 손님이 오셨어요. 그 손님은 내 동료였어요.

a.chi.me/son.ni.mi/o.syo*.sso*.yo//geu/son.ni.meun/
ne*/dong.nyo.yo*.sso*.yo

早上有客人來了。那位客人是我的同事。

B : 그래요? 그 손님은 나도 알아요?

geu.re*.yo//geu/son.ni.meun/na.do/a.ra.yo

是嗎？那個客人我也認識嗎？

➤ 會話二

A : 연필 있어요?

yo*n.pil/i.sso*.yo

你有鉛筆嗎？

B : 없어요. 볼펜은 있어요.

o*p.sso*.yo//bol.pe.neun/i.sso*.yo

沒有，有原子筆。

➤ 本單元詞彙

손 son [名]手

발 bal [名]腳

편지 pyo*n.ji [名]信

동료 dong.nyo [名]同事

손님 son.nim [名]客人

-을/를

重點說明

1. 為受格助詞，接在名詞後方，該名詞則為及物動詞的受格，表示動作或作用的對象。

2. 如果名詞以母音結束，就加를；如果名詞以子音結束，則加을。

➤ 例句參考

방에서 컴퓨터 게임을 해요.

bang.e.so*/ko*m.pyu.to*/ge.i.meul/he*.yo

在房間玩電腦遊戲。

신발을 샀어요.

sin.ba.reul/ssa.sso*.yo

買了鞋子。

학원에서 한국어를 가르칩니다.

ha.gwo.ne.so*/han.gu.go*.reul/ga.reu.chim.ni.da

在補習班教韓語。

길에서 선배를 만났어요.

gi.re.so*/so*n.be*.reul/man.na.sso*.yo

在路上遇到了前輩。

> **會話一**

A : 지금 뭐 해요?

ji.geum/mwo/he*.yo

你在做什麼？

B : 숙제를 해요.

suk.jje.reul/he*.yo

寫作業。

> **會話二**

A : 무엇을 마셔요?

mu.o*.seul/ma.syo*.yo

喝什麼？

B : 사이다를 마셔요.

sa.i.da.reul/ma.syo*.yo

喝汽水。

> **本單元詞彙**

컴퓨터　ko*m.pyu.to*　[名] 電腦

게임을 하다　ge.i.meul/ha.da　[詞組] 玩遊戲

학원　ha.gwon　[名] 補習班

길　gil　[名] 路上

선배　so*n.be*　[名] 前輩／學長姊

一도

重點說明

1. 為助詞，接在名詞後面，相當於中文「也」的意思。
2. 有時也表示「強調」。

➤ 例句參考

저도 대학생입니다.

jo*.do/de*.hak.sse*ng.im.ni.da

我也是大學生。

형은 뚱뚱해요. 동생도 뚱뚱해요.

hyo*ng.eun/dung.dung.he*.yo//dong.se*ng.do/dung.dung.
he*.yo

哥哥胖，弟弟也胖。

➤ 會話一

A : 용돈을 받았어요?

yong.do.neul/ba.da.sso*.yo

你拿到零用錢了嗎？

B : 네, 선물도 받았어요.

ne//so*n.mul.do/ba.da.sso*.yo

是的，禮物也收到了。

➤ 會話二

A : 젊은 여자가 많아요.

jo*l.meun/yo*.ja.ga/ma.na.yo

年輕女生很多。

B : 차도 많아요.

cha.do/ma.na.yo

車子也很多。

➤ 會話三

A : 우리 피자 먹을까요?

u.ri/pi.ja/mo*.geul.ga.yo

我們吃披薩好嗎?

B : 좋아요. 치킨도 먹읍시다.

jo.a.yo//chi.kin.do/mo*.geup.ssi.da

好啊!也吃炸雞!

➤ 本單元詞彙

뚱뚱하다　dung.dung.ha.da　[形] 胖

용돈　yong.don　[名] 零用錢

젊다　jo*m.da　[形] 年輕

피자　pi.ja　[名] 披薩

치킨　chi.kin　[名] 炸雞

-의

重點說明

1. 의為所有格的用法，相當於中文的「…的…」。

2. 當「의」當作所有格使用時，必須念成「에」。

3. 當「의」遇到人稱代名詞的나、저、너時，會合併念成내(我的)、제(我的)、네(你的)。

➤ 例句參考

그것은 윤민수의 안경이에요.

geu.go*.seun/yun.min.su.ui/an.gyo*ng.i.e.yo

那是允民秀的眼鏡。

저분은 우리의 사장님입니다.

jo*.bu.neun/u.ri.ui/sa.jang.ni.mim.ni.da

那位是我們的社長。

내 가방은 어디에 있어요?

ne*/ga.bang.eun/o*.di.e/i.sso*.yo

我的包包在哪裡？

이 아이는 할아버지의 손자예요.

i/a.i.neun/ha.ra.bo*.ji.ui/son.ja.ye.yo

這個小孩是爺爺的孫子。

➤ 會話一

> **A : 이름이 무엇입니까?**
>
> i.reu.mi/mu.o*.sim.ni.ga
>
> 你叫什麼名字？
>
> **B : 제 이름은 진숙영입니다.**
>
> je/i.reu.meun/jin.su.gyo*ng.im.ni.da
>
> 我的名字是陳淑英。

➤ 會話二

> **A : 이건 누구의 것이에요?**
>
> i.go*n/nu.gu.ui/go*.si.e.yo
>
> 這是誰的東西？
>
> **B : 내 것이에요.**
>
> ne*/go*.si.e.yo
>
> 我的東西。

➤ 本單元詞彙

안경　an.gyo*ng　[名] 眼鏡

사장　sa.jang　[名] 社長／總經埋

가방　ga.bang　[名] 包包

손자　son.ja　[名] 孫子

이름　i.reum　[名] 名字

-하고

重點說明

1. 接在名詞後方，表示並列，相當於中文的「和」。
2. 「하고」常用在日常對話中，直接加在以母音或子音結束的名詞後面即可。

➤ 例句參考

시장에서 고기하고 해산물을 팔아요.

si.jang.e.so*/go.gi.ha.go/he*.san.mu.reul/pa.ra.yo

在市場賣肉和海產。

종이하고 펜 주세요.

jong.i.ha.go/pen/ju.se.yo

請給我紙和筆。

사무실에 부장님하고 김 비서가 계세요.

sa.mu.si.re/bu.jang.nim.ha.go/gim/bi.so*.ga/gye.se.yo

辦公室有部長和金祕書。

지금 언니하고 같이 서울에 살아요.

ji.geum/o*n.ni.ha.go/ga.chi/so*.u.re/sa.ra.yo

現在我和姊姊一起住在首爾。

➤ **會話一**

A : 누구하고 통화해요?

nu.gu.ha.go/tong.hwa.he*.yo

你和誰通電話？

B : 딸하고 통화해요.

dal.ha.go/tong.hwa.he*.yo

和女兒通電話。

➤ **會話二**

A : 뭘 먹어요?

mwol/mo*.go*.yo

你吃什麼？

B : 자장면하고 만두를 먹어요.

ja.jang.myo*n.ha.go/man.du.reul/mo*.go*.yo

我吃炸醬麵和水餃。

➤ **本單元詞彙**

고기　go.gi　[名] 肉

해산물　he*.san.mul　[名] 海產

사무실　sa.mu.sil　[名] 辦公室

같이　ga.chi　[副] 一起

통화하다　tong.hwa.ha.da　[動] 通電話

一와/과

重點說明

1. 接在名詞後方，表示並列，相當於中文的「和」。
2. 當名詞以母音結束，就接「와」；當名詞以子音結束，就接「과」。

➤ 例句參考

친구와 같이 바닷가에 가요.

chin.gu.wa/ga.chi/ba.dat.ga.e/ga.yo

和朋友一起去海邊。

나와 결혼할래요?

na.wa/gyo*l.hon.hal.le*.yo

你願意和我結婚嗎？

돈과 여권을 잃어버렸어요.

don.gwa/yo*.gwo.neul/i.ro*.bo*.ryo*.sso*.yo

把錢和護照弄不見了。

점심에 도시락과 키위주스를 먹었어요.

jo*m.si.me/do.si.rak.gwa/ki.wi.ju.seu.reul/mo*.go*.sso*.yo

中午吃了便當和奇異果果汁。

➤ 會話一

A : 무슨 요리를 좋아하세요?

mu.seun/yo.ri.reul/jjo.a.ha.se.yo

你喜歡吃什麼料理？

B : 돌솥비빔밥과 물냉면을 좋아해요.

dol.sot.bi.bim.bap.gwa/mul.le*ng.myo*.neul/jjo.a.he*.yo

我喜歡石鍋拌飯和水冷麵。

➤ 會話二

A : 뭘 샀어요?

mwol/sa.sso*.yo

你買了什麼？

B : 청바지와 화장품을 샀어요.

cho*ng.ba.ji.wa/hwa.jang.pu.meul/ssa.sso*.yo

我買了牛仔褲和化妝品。

➤ 本單元詞彙

바닷가　ba.dat.ga　[名] 海邊

결혼하다　gyo*l.hon.ha.da　[動] 結婚

여권　yo*.gwon　[名] 護照

도시락　do.si.rak　[名] 便當

청바지　cho*ng.ba.ji　[名] 牛仔褲

一에 ①時間

重點説明

當에接在表示時間的名詞後方時，表示動作或事情發生的時間點。

例如：오후 3시에（下午三點時）

월요일에（星期一時）

➤ 例句參考

아침 아홉 시에 학교에 가요.

a.chim/a.hop/si.e/hak.gyo.e/ga.yo

早上九點去上學。

사월 이십사일에 미국에 출장해요.

sa.wol/i.sip.ssa.i.re/mi.gu.ge/chul.jang.he*.yo

4月24日去美國出差。

저녁에 어디에 갈 거예요?

jo*.nyo*.ge/o*.di.e/gal/go*.ye.yo

晚上你要去哪裡？

보통 저녁 일곱 시에 퇴근해요.

bo.tong/jo*.nyo*k/il.gop/si.e/twe.geun.he*.yo

我通常晚上七點下班。

➤ 會話一

A : 언제 친구를 만나요?

o*n.je/chin.gu.reul/man.na.yo

你什麼時候見朋友？

B : 오후 세 시에 친구를 만나요.

o.hu/se/si.e/chin.gu.reul/man.na.yo

下午三點見朋友。

➤ 會話二

A : 언제 우리 집에 와요?

o*n.je/u.ri/ji.be/wa.yo

你什麼時候要來我們家？

B : 다음 주 수요일에 가요.

da.eum/ju/su.yo.i.re/ga.yo

下周三會去。

➤ 本單元詞彙

미국　　mi.guk　〔名〕美國

출장하다　chul.jang.ha.da　〔動〕出差

보통　　bo.tong　〔名〕一般／通常

퇴근하다　twe.geun.ha.da　〔動〕下班

다음주　da.eum.ju　〔名〕下週

一에 ②地點

重點說明

1. 當에接在表示處所的名詞後方時，表示地點或位置。
2. 에的後方常會出現가다(去)、오다(來)等的方向性動詞，表示行進的方向或目的地。

➤ 例句參考

한국 친구가 대만에 와요.

han.guk/chin.gu.ga/de*.ma.ne/wa.yo

韓國朋友來台灣。

여동생이 초등학교에 다녀요.

yo*.dong.se*ng.i/cho.deung.hak.gyo.e/da.nyo*.yo

妹妹讀小學。

일요일에 교회에 가요.

i.ryo.i.re/gyo.hwe.e/ga.yo

星期日去教會。

고향이 부산에 있어요.

go.hyang.i/bu.sa.ne/i.sso*.yo

故鄉在釜山。

➤ 會話一

A : 어디에 가세요?

o*.di.e/ga.se.yo

您要去哪裡?

B : 우체국에 갑니다.

u.che.gu.ge/gam.ni.da

去郵局。

➤ 會話二

A : 이따가 뭐 해요?

i.da.ga/mwo/he*.yo

你等一下要做什麼?

B : 식사하러 식당에 가요.

sik.ssa.ha.ro*/sik.dang.e/ga.yo

我要去餐館吃飯。

➤ 本單元詞彙

초등학교　cho.deung.hak.gyo　[名] 小學

다니다　da.ni.da　[動] 來往/通勤

교회　gyo.hwe　[名] 教會

고향　go.hya　[名] 故鄉

이따가　i.da.ga　[副] 等一下

-(으)로

重點説明

1. 當(으)로接在表示方向或地點的名詞後方時，表示方向或朝某一地點。
2. 也可以用來表示工具、材料或交通手段等。
3. 當名詞以母音或ㄹ結束時，使用로，當名詞以子音結束時，則使用으로。

➤ 例句參考

제주도에 비행기로 갈 거예요.

je.ju.do.e/bi.he*ng.gi.ro/gal/go*.ye.yo

我要搭飛機去濟州島。

중국어로 말하세요.

jung.gu.go*.ro/mal.ha.sse.yo

請用中文説。

왼쪽으로 가세요.

wen.jjo.geu.ro/ga.se.yo

請往左走。

돼지고기로 만두를 만들어요.

dwe*.ji.go.gi.ro/man.du.reul/man.deu.ro*.yo

用豬肉包水餃。

➤ 會話一

A : 보통 어떻게 회사에 와요?

bo.tong/o*.do*.ke/hwe.sa.e/wa.yo

你一般是怎麼來上班的？

B : 버스로 회사에 와요.

bo*.seu.ro/hwe.sa.e/wa.yo

我搭公車來上班的。

➤ 會話二

A : 실례지만 길 좀 묻겠습니다.

sil.lye.ji.man/gil/jom/mut.get.sseum.ni.da

不好意思，我想問個路。

B : 네. 어디로 가요?

ne//o*.di.ro/ga.yo

好的，您要去哪裡？

➤ 本單元詞彙

제주도　je.ju.do　[地] 濟州島

말하다　mal.ha.da　[動] 説／説話

왼쪽　wen.jjok　[名] 左邊／左方

어떻게　o*.do*.ke　[副] 如何

실례하다　sil.lye.ha.da　[動] 失禮／抱歉

ー(이)나　①選擇

重點説明

1. 接在名詞後方，用來列舉兩個或兩個以上的名詞。
2. 表示從兩者或兩者以上的事物選擇其一。
3. 當前面的名詞以母音結束時，使用나；當名詞以子音結束時，使用이나。

➤ 例句參考

아침이나 밤에 운동해요.

a.chi.mi.na/ba.me/un.dong.he*.yo

早上或晚上運動。

물이나 녹차를 마셔요.

mu.ri.na/nok.cha.reul/ma.syo*.yo

喝水或綠茶。

비행기나 배를 타요.

bi.he*ng.gi.na/be*.reul/ta.yo

搭飛機或船。

점심에 햄버거나 찐빵을 먹어요.

jo*m.si.me/he*m.bo*.go*.na/jjin.bang.eul/mo*.go*.yo

中午吃漢堡或包子。

A：휴가 때 뭐 할 거예요?

hyu.ga/de*/mwo/hal/go*.ye.yo

休假的時候你要做什麼？

B：산이나 바다에 갈 거예요.

sa.ni.na/ba.da.e/gal/go*.ye.yo

我要去山上或海邊。

➤ 會話二

A：무슨 과일을 먹고 싶어요?

mu.seun/gwa.i.reul/mo*k.go/si.po*.yo

你想吃什麼水果？

B：사과나 귤을 사세요.

sa.gwa.na/gyu.reul/ssa.se.yo

請買蘋果或橘子。

➤ 本單元詞彙

물　　mul　[名] 水

배　　be*　[名] 船

햄비거　he*m.bo*.go*　[名] 漢堡

찐빵　jjin.bang　[名] 包子

휴가　hyu.ga　[名] 休假

ー(이)나　②數量

重點説明

1. 接在名詞後方，表示某事物的數量比正常情況要來得多。
2. 當前面的名詞以母音結束時，使用나；當名詞以子音結束時，使用이나。

➤ 例句參考

어제 열한 시간이나 잤어요.

o*.je/yo*l.han/si.ga.ni.na/ja.sso*.yo

昨天我竟然睡了十一個小時。

커피숍에서 친구를 두 시간이나 기다렸어요.

ko*.pi.syo.be.so*/chin.gu.reul/du/si.ga.ni.na/gi.da.ryo*.sso*.yo

在咖啡廳竟等了朋友兩個小時。

피곤해서 커피 네 잔이나 마셨어요.

pi.gon.he*.so*/ko*.pi/ne/ja.ni.na/ma.syo*.sso*.yo

因為很疲累，竟喝了四杯咖啡。

담배를 두 갑이나 피웠어요.

dam.be*.reul/du/ga.bi.na/pi.wo.sso*.yo

竟然抽了兩包香菸。

➤ 會話一

A : 왜 이렇게 늦었어요?

we*/i.ro*.ke/neu.jo*.sso*.yo

你為什麼這麼晚來？

B : 길이 많이 막혀서 여기까지 한 시간 반이나 걸렸어요.

gi.ri/ma.ni/ma.kyo*.so*/yo*.gi.ga.ji/han/si.gan/ba.ni.na/
go*.l.lyo*.sso*.yo

因為路上塞車，我竟然花了一個半小時來這裡。

➤ 會話二

A : 그분은 부자지요?

geu.bu.neun/bu.ja.ji.yo

那位是有錢人吧？

B : 네, 집이 일곱 채나 있어요.

ne//ji.bi/il.gop/che*.na/i.sso*.yo

是的，他有七棟房子。

➤ 本單元詞彙

커피숍　ko*.pi.syop　[名] 咖啡廳

피곤하다　pi.gon.ha.da　[動] 疲累／疲憊

담배를 피우다　dam.be*.reul/pi.u.da　[詞組] 抽菸

길이 막히다　gi.ri/ma.ki.da　[詞組] 塞車

채　che*　[量] 棟

-에서

重點說明

1. 接在處所名詞後方，表示行為發生的範圍或地點。

2. 相當於中文的「在…(做)…」。

➤ 例句參考

운동장에서 조깅을 해요.

un.dong.jang.e.so*/jo.ging.eul/he*.yo

在運動場慢跑。

레스토랑에서 스테이크를 먹어요.

re.seu.to.rang.e.so*/seu.te.i.keu.reul/mo*.go*.yo

在西餐廳吃牛排。

도서관에서 책을 빌려요.

do.so*.gwa.ne.so*/che*.geul/bil.lyo*.yo

在圖書館借書。

백화점에서 여성복을 팔아요.

be*.kwa.jo*.me.so*/yo*.so*ng.bo.geul/pa.ra.yo

在百貨公司賣女性服飾。

➤ 會話一

A : 여기에서 뭐 하세요?

yo*.gi.e.so*/mwo/ha.se.yo

你在這裡做什麼？

B : 친구를 기다려요.

chin.gu.reul/gi.da.ryo*.yo

我在等朋友。

➤ 會話二

A : 어디에서 삽니까?

o*.di.e.so*/sam.ni.ga

你住在哪裡？

B : 타이베이에서 삽니다.

ta.i.be.i.e.so*/sam.ni.da

我住在台北。

➤ 本單元詞彙

조깅을 하다　jo.ging.eul/ha.da　[詞組] 慢跑

스테이크　seu.te.i.keu　[名] 牛排

책을 빌리다　che*.geul/bil.li.da　[詞組] 借書

여성복　yo*.so*ng.bok　[名] 女性服飾

살다　sal.da　[動] 居住

-에서 까지

重點說明

1. 「~에서 ~까지(從…到…)」用來表示某一距離的範圍。

2. 「~부터 ~까지(從…到…)」用來表示某一時間的範圍。

3. 「에서」表示某個行為或狀態的出發點或起點;「부터」表示某個動作或狀態在時間上的起點;「까지」表示時間或距離上的限度、終點。

➤ 例句參考

나는 대구에서 왔어요.

na.neun/de*.gu.e.so*/wa.sso*.yo

我從大邱來的。

학교에서 전화가 왔어요.

hak.gyo.e.so*/jo*n.hwa.ga/wa.sso*.yo

學校打電話來了。

우체국은 오전 7시부터 오후 5시까지 열어요.

u.che.gu.geun/o.jo*n/il.gop.ssi.bu.to*/o.hu/da.so*t.ssi.ga.ji/yo*.ro*.yo

郵局是從早上七點開到下午五點為止。

> **영화가 몇 시부터 시작합니까?**
>
> yo*ng.hwa.ga/myo*t/si.bu.to*/si.ja.kam.ni.ga
>
> 電影幾點開始？

➤ 會話一

> **A : 여기에서 지하철 역까지 멀어요?**
>
> yo*.gi.e.so*/ji.ha.cho*l/yo*k.ga.ji/mo*.ro*.yo
>
> 這裡離地鐵站遠嗎？

> **B : 아니요. 걸어서 가면 십 분쯤 걸려요.**
>
> a.ni.yo//go*.ro*.so*/ga.myo*n/sip/bun.jjeum/go*l.lyo*.yo
>
> 不遠，走路去的話，大概花十分鐘。

➤ 會話二

> **A : 은행은 여기에서 가까워요?**
>
> eun.he*ng.eun/yo*.gi.e.so*/ga.ga.wo.yo
>
> 銀行離這裡近嗎？

> **B : 네, 가까워요. 바로 앞이에요.**
>
> ne//ga.ga.wo.yo//ba.ro/a.pi.e.yo
>
> 是的，很近。就在前面。

➤ 本單元詞彙

전화가 오다　jo*n.hwa.ga/o.da　[詞組] 電話響

열다　yo*l.da　[動] 打開

－에게/한테/께

重點説明

1. 表示行為的歸著點，接在表示人或動物的有情名詞後方，也可以用「한테」。

2. 에게在口語及書面體中皆可使用，한테則主要使用在口語之中。

3. 에게和한테的敬語是「께」。

➤ 例句參考

여자친구에게 반지를 줘요.

yo*.ja.chin.gu.e.ge/ban.ji.reul/jjwo.yo

給女朋友戒指。

그분이 저한테 와요.

geu.bu.ni/jo*.han.te/wa.yo

他走向我。

후배에게 영어를 가르쳐요.

hu.be*.e.ge/yo*ng.o*.reul/ga.reu.cho*.yo

教學弟妹英語。

아주머니께 특산물을 드려요.

a.ju.mo*.ni.ge/teuk.ssan.mu.reul/deu.ryo*.yo

送阿姨名產。

➤ 會話一

A : 누구한테 전화해요?

　　nu.gu.han.te/jo*n.hwa.he*.yo

　　你打電話給誰？

B : 고향 부모님께 전화해요.

　　go.hyang/bu.mo.nim.ge/jo*n.hwa.he*.yo

　　打電話給在故鄉的父母。

➤ 會話二

A : 왜 선물을 샀어요?

　　we*/so*n.mu.reul/ssa.sso*.yo

　　你為什麼買了禮物？

B : 동생에게 선물할 거예요.

　　dong.se*ng.e.ge/so*n.mul.hal/go*.ye.yo

　　要送給妹妹的。

➤ 本單元詞彙

반지　ban.ji　〔名〕戒指

후배　hu.be*　〔名〕學弟妹／後輩

영어　yo*ng.o*　〔名〕英語

특산물　teuk.ssan.mul　〔名〕特產／名產

드리다　deu.ri.da　〔動〕給／呈上(주다的敬語)

-에게서/한테서/께

重點說明

1. 在表示人的名詞後方接에게서或한테서，表示出處或起點。

2. 에게서和한테서的「서」可省略。

3. 에게서和한테서的敬語是「께」。

➤ 例句參考

한국 친구한테서 김을 받았어요.

han.guk/chin.gu.han.te.so*/gi.meul/ba.da.sso*.yo

從韓國朋友那收到了海苔。

반 친구에게서 수학을 배웠어요.

ban/chin.gu.e.ge.so*/su.ha.geul/be*.wo.sso*.yo

向班上同學學了數學。

이웃한테서 얘기를 들었어요.

i.u.tan.te.so*/ye*.gi.reul/deu.ro*.sso*.yo

我從鄰居那裡聽說了。

부모님께 칭찬을 받았어요.

bu.mo.nim.ge/ching.cha.neul/ba.da.sso*.yo

得到了父母的讚許。

➤ 會話一

A : 누구에게서 전화 왔어요?

nu.gu.e.ge.so*/jo*n.hwa/wa.sso*.yo

誰打電話來了？

B : 사장님께 전화 왔어요.

sa.jang.nim.ge/jo*n.hwa/wa.sso*.yo

社長打電話來了。

➤ 會話二

A : 누구에게서 돈을 빌렸어요?

nu.gu.e.ge.so*/do.neul/bil.lyo*.sso*.yo

你向誰借了錢？

B : 아저씨께 돈을 빌렸어요.

a.jo*.ssi.ge/do.neul/bil.lyo*.sso*.yo

向叔叔借了錢。

➤ 本單元詞彙

김　gim　[名] 海苔

반 친구　ban/chin.gu　[名] 班上同學

이웃　i.ut　[名] 鄰居

듣다　deut.da　[動] 聽

칭찬　ching.chan　[名] 稱讚／讚許

一에 ③歸著點

重點説明

1. 如果行為的歸著點是無情物(物品、植物、地點等)，則使用助詞「에」。

2. 相當於中文的「對…／向…」。

➤ **例句參考**

작품에 손을 대지 마세요.

jak.pu.me/so.neul/de*.ji/ma.se.yo

請勿觸摸作品。

그분이 우리 회사에 와요.

geu.bu.ni/u.ri/hwe.sa.e/wa.yo

他來我們公司。

경찰서에 전화해 보세요.

gyo*ng.chal.sso*.e/jo*n.hwa.he*/bo.se.yo

請打電話給警察局看看。

옥수수 밭에 비료를 줬어요.

ok.ssu.su/ba.te/bi.ryo.reul/jjwo.sso*.yo

給玉米田施肥。

➤ 會話一

> **A：어디에 전화해요?**
>
> o*.di.e/jo*n.hwa.he*.yo
>
> 你打電話到哪裡？
>
> **B：오빠의 사무실에 전화해요.**
>
> o.ba.ui/sa.mu.si.re/jo*n.hwa.he*.yo
>
> 我打電話到哥哥的辦公室。

➤ 會話二

> **A：이 화분의 꽃이 시든 것 같아요.**
>
> i/hwa.bu.nui/go.chi/si.deun/go*t/ga.ta.yo
>
> 這花盆的花好像枯萎了。
>
> **B：빨리 화분에 물을 줘요.**
>
> bal.li/hwa.bu.ne/mu.reul/jjwo.yo
>
> 快給花盆澆水。

➤ 本單元詞彙

작품　jak.pum　[名] 作品

옥수수　ok.ssu.su　[名] 玉米

비료를 주다　bi.ryo.reul/jju.da　[詞組] 施肥

화분　hwa.bun　[名] 花盆

시들다　si.deul.da　[動] 枯萎

一만

重點說明

1. 接在名詞或助詞後方，表示「限定」，有時也表示「強調」。

2. 相當於中文的「只」。

➤ 例句參考

준수 씨는 야채만 먹어요.

jun.su/ssi.neun/ya.che*.man/mo*.go*.yo

俊秀只吃蔬菜。

만원만 주십시오.

ma.nwon.man/ju.sip.ssi.o

只給我一千韓圜就好。

나는 오빠만 믿어요.

na.neun/o.ba.man/mi.do*.yo

我只相信哥哥。

오늘 토스트만 먹었습니다.

o.neul/to.seu.teu.man/mo*.go*t.sseum.ni.da

今天只吃了烤土司。

➤ 會話一

A : 여기서 십분만 기다려 주세요.

yo*.gi.so*/sip.bun.man/gi.da.ryo*/ju.se.yo

請您在這等我十分鐘就好。

B : 알았어요. 빨리 나와요.

a.ra.sso*.yo//bal.li/na.wa.yo

知道了，趕快出來。

➤ 會話二

A : 오늘 누가 왔어요?

o.neul/nu.ga/wa.sso*.yo

今天誰來了？

B : 최여진 씨만 왔어요.

chwe.yo*.jin/ssi.man/wa.sso*.yo

只有崔汝珍有來。

➤ 本單元詞彙

야채　ya.che*　〔名〕蔬菜

주다　ju.da　〔動〕給

믿다　mit.da　〔動〕相信

빨리　bal.li　〔副〕快點

나오다　na.o.da　〔動〕出來

一밖에

重點說明

1. 接在名詞後方，表示限定，指除了밖에前方的名詞(事物)之外，其他全部否定。
2. 後方必須使用否定語氣。

➤ 例句參考

교실에 저밖에 없어요.

gyo.si.re/jo*.ba.ge/o*p.sso*.yo

教室裡只有我。

어제 생일 카드 한 장밖에 못 받았어요.

o*.je/se*ng.il/ka.deu/han/jang.ba.ge/mot/ba.da.sso*.yo

昨天我只收到一張生日卡片。

음식은 라면밖에 안 남았습니다.

eum.si.geun/ra.myo*n.ba.ge/an/na.mat.sseum.ni.da

食物只剩下泡麵了。

어제 한 시간밖에 못 잤어요.

o*.je/han/si.gan.ba.ge/mot/ja.sso*.yo

昨天只睡了一個小時。

> ➤ 會話一

A：이만원 좀 빌려 주세요.

i.ma.nwon/jom/bil.lyo*/ju.se.yo

請借我兩萬韓圜。

B：미안해요. 지갑에 천원밖에 없거든요.

mi.an.he*.yo//ji.ga.be/cho*.nwon.ba.ge/o*p.go*.deu.nyo

對不起，我錢包只有一千韓圜而已。

> ➤ 會話二

A：화장실 좀 다녀올게요. 잠시만요.

hwa.jang.sil/jom/da.nyo*.ol.ge.yo//jam.si.ma.nyo

我去一趟廁所，你等一下。

B：시간이 없으니까 5분밖에 못 기다려요.

si.ga.ni/o*p.sseu.ni.ga/o.bun.ba.ge/mot/gi.da.ryo*.yo

沒有時間了，我只等你五分鐘。

> ➤ 本單元詞彙

받다 bat.da [動] 收下

한 장 han/jang [詞組] 一張

라면 ra.myo*n [名] 泡麵

남다 nam.da [動] 剩下

자다 ja.da [動] 睡覺

-같이

重點說明

1. 接在名詞後方，表示比喻，指某一動作或狀態和前方的名詞相同或類似。
2. 相當於中文「像是…」。
3. 可以替換成「처럼」。

➤ 例句參考

우리는 형제같이 친해요.

u.ri.neun/hyo*ng.je.ga.chi/chin.he*.yo

我們就像兄弟一樣親密。

그녀는 항상 아이같이 웃어요.

geu.nyo*.neun/hang.sang/a.i.ga.chi/u.so*.yo

她總是像孩子一樣地笑。

이건 얼음같이 투명해요.

i.go*n/o*.reum.ga.chi/tu.myo*ng.he*.yo

這個像冰塊一樣透明。

요리사같이 요리를 잘해요.

yo.ri.sa.ga.chi/yo.ri.reul/jjal.he*.yo

像廚師一樣會做菜。

➤ **會話一**

A : 네 여자친구가 예뻐?

ni/yo*.ja.chin.gu.ga/ye.bo*

你女朋友美嗎？

B : 당연하지, 배우처럼 예뻐.

dang.yo*n.ha.ji//be*.u.cho*.ro*m/ye.bo*

當然，像演員一樣美。

➤ **會話二**

A : 왜 바보같이 울고 있어?

we*/ba.bo.ga.chi/ul.go/i.sso*

你為什麼像笨蛋一樣在哭？

B : 나? 안 울었거든.

na//an/u.ro*t.go*.deun

我？我沒哭啊？

➤ **本單元詞彙**

친하다　chin.ha.da　[形] 親密／熟識

항상　hang.sang　[副] 總是／經常

얼음　o*.reum　[名] 冰塊

투명하다　tu.myo*ng.ha.da　[形] 透明

당연하다　dang.yo*n.ha.da　[形] 當然

－처럼

重點說明

1. 接在名詞後方,表示比喻,指某一動作或狀態和前方的名詞相同或類似。

2. 相當於中文「像是…」。

3. 可以替換成「같이」。

➤ 例句參考

화가처럼 그림을 잘 그려요.

hwa.ga.cho*.ro*m/geu.ri.meul/jjal/geu.ryo*.yo

像畫家一樣會畫畫。

아이는 인형처럼 귀여워요.

a.i.neun/in.hyo*ng.cho*.ro*m/gwi.yo*.wo.yo

小孩像娃娃一樣可愛。

누나는 모델처럼 날씬해요.

nu.na.neun/mo.del.cho*.ro*m/nal.ssin.he*.yo

姊姊像模特爾一樣苗條。

아버지는 호랑이처럼 무서워요.

a.bo*.ji.neun/ho.rang.i.cho*.ro*m/mu.so*.wo.yo

爸爸像老虎一樣可怕。

➤ 會話一

A : 근석 씨가 일본어를 해요?

geun.so*k/ssi.ga/il.bo.no*.reul/he*.yo

根碩會説日語嗎?

B : 네, 근석 씨는 일본 사람처럼 일본어를 잘해요.

ne//geun.so*k/ssi.neun/il.bon/sa.ram.cho*.ro*m/il.bo.

no*.reul/jjal.he*.yo

會啊,根碩他像日本人一樣很會講日語。

➤ 會話二

A : 노래 부르기 좋아해요?

no.re*/bu.reu.gi/jo.a.he*.yo

你喜歡唱歌嗎?

B : 네, 가수처럼 노래를 잘 불렀으면 좋겠어요.

ne//ga.su.cho*.ro*m/no.re*.reul/jjal/bul.lo*.sseu.

myo*n/jo.ke.sso*.yo

喜歡,我希望可以像歌手一樣會唱歌。

➤ 本單元詞彙

그림을 그리다 geu.ri.meul/geu.ri.da [詞組] 畫畫

인형 in.hyo*ng [名] 娃娃／人偶

날씬하다 nal.ssin.ha.da [形] 苗條

잘하다 jal.ha.da [動] 擅長

一쯤

重點說明

1. 為接尾詞，接在表示時間或數量的名詞之後，表示「概數」。

2. 相當於中文的「大約…／大概…」。

➤ 例句參考

돈이 얼마쯤 필요해요?

do.ni/o*l.ma.jjeum/pi.ryo.he*.yo

大概需要多少錢？

지하철로 15분쯤 걸려요.

ji.ha.cho*l.lo/si.bo.bun.jjeum/go*l.lyo*.yo

搭地鐵約花15分鐘。

내년쯤에 서울에 이사할 생각이에요.

ne*.nyo*n.jjeu.me/so*.u.re/i.sa.hal/sse*ng.ga.gi.e.yo

我打算大概明年的時候搬到首爾。

운동회에 참가한 사람들이 오백명쯤 됐어요.

un.dong.hwe.e/cham.ga.han/sa.ram.deu.ri/o.be*ng.myo*ng.

jjeum/dwe*.sso*.yo

參加運動會的人約有五百人。

> 會話一

A : 몇 시에 도착했어요?

myo*t/si.e/do.cha.ke*.sso*.yo

你是幾點抵達的？

B : 오후 두 시쯤 도착했어요.

o.hu/du/si.jjeum/do.cha.ke*.sso*.yo

我大概是下午兩點抵達的。

> 會話二

A : 서울에 있는 아파트는 얼마쯤 해요?

so*.u.re/in.neun/a.pa.teu.neun/o*l.ma.jjeum/he*.yo

首爾的公寓大概是多少錢？

B : 아파트 값이 지역마다 달라요.

a.pa.teu/gap.ssi/ji.yo*ng.ma.da/dal.la.yo

公寓的價格每個地區都不一樣。

> 本單元詞彙

얼마   o*l.ma   [代] 多少

필요하다   pi.ryo.ha.da   [形] 需要

내년   ne*.nyo*n   [名] 明年

이사하다   i.sa.ha.da   [動] 搬家

참가하다   cham.ga.ha.da   [動] 參加

－보다

重點説明

1. 可接在名詞、助詞、語尾後方，表示比較的對象。

2. 相當於中文的「比…」。

➤ 例句參考

청바지가 반바지보다 비싸요.

cho*ng.ba.ji.ga/ban.ba.ji.bo.da/bi.ssa.yo

牛仔褲比短褲貴。

오늘이 어제보다 바빠요.

o.neu.ri/o*.je.bo.da/ba.ba.yo

今天比昨天忙。

토끼가 거북보다 빨라요.

to.gi.ga/go*.buk.bo.da/bal.la.yo

兔子比烏龜快。

삼계탕이 갈비탕보다 맛있어요.

sam.gye.tang.i/gal.bi.tang.bo.da/ma.si.sso*.yo

人蔘雞湯比排骨湯好吃。

➤ 會話一

A : 오늘 날씨가 어때요?

o.neul/nal.ssi.ga/o*.de*.yo

今天天氣如何？

B : 어제보다 추워요.

o*.je.bo.da/chu.wo.yo

比昨天冷。

➤ 會話二

A : 왜 도시로 이사 가요?

we*/do.si.ro/i.sa/ga.yo

為什麼你要搬到都市？

B : 도시가 시골보다 더 편리해요.

do.si.ga/si.gol.bo.da/do*/pyo*l.li.he*.yo

都市比鄉村更便利。

➤ 本單元詞彙

바쁘다　ba.beu.da　[形] 忙碌

빠르다　ba.reu.da　[形] 快

맛있다　ma.sit.da　[形] 好吃

춥다　chup.da　[形] 冷

시골　si.gol　[名] 鄉下／鄉村

一마다

重點說明

1. 接在名詞後方，表示「每個全部」的意思。
2. 相當於中文的「每個～」。

➤ 例句參考

일주일마다 미용실에 가요.

il.ju.il.ma.da/mi.yong.si.re/ga.yo

我每個星期都會去美容院。

삼십분마다 열차가 와요.

sam.sip.bun.ma.da/yo*l.cha.ga/wa.yo

列車每三十分鐘一班。

주말마다 여자친구하고 데이트해요.

ju.mal.ma.da/yo*.ja.chin.gu.ha.go/de.i.teu.he*.yo

每個週末都和女朋友約會。

사물을 보는 눈은 사람마다 달라요.

sa.mu.reul/bo.neun/nu.neun/sa.ram.ma.da/dal.la.yo

看事物的眼光每個人不同。

➤ 會話一

A : 일요일마다 뭐 하세요?

i.ryo.il.ma.da/mwo/ha.se.yo

你每個星期天都做什麼？

B : 보통 친구들하고 농구를 해요.

bo.tong/chin.gu.deul.ha.go/nong.gu.reul/he*.yo

一般和朋友們一起打籃球。

➤ 會話二

A : 날마다 몇 시에 일어나요?

nal.ma.da/myo*t/si.e/i.ro*.na.yo

你每天幾點起床？

B : 날마다 9시에 일어나요.

nal.ma.da/a.hop.ssi.e/i.ro*.na.yo

我每天9點起床。

➤ 本單元詞彙

미용실　mi.yong.sil　[名] 美容院

열차　yo*l.cha　[名] 列車

데이트하다　de.i.teu.ha.da　[動] 約會

사물　sa.mul　[名] 事物／物品

다르다　da.reu.da　[形] 不同

Note

Chapter 7
連結語尾

-고　和/而且

重點說明

1. 接在動詞或形容詞語幹後方，表示列舉兩個動作或狀態。
2. 名詞後方接(이)고，表示列舉兩個事實。

➤ 例句參考

우리는 운동도 하고 노래도 해요.

u.ri.neun/un.dong.do/ha.go/no.re*.do/he*.yo

我們又運動又唱歌。

수박이 크고 달아요.

su.ba.gi/keu.go/da.ra.yo

西瓜又大又甜。

저는 고등학생이고 오빠는 대학생입니다.

jo*.neun/go.deung.hak.sse*ng.i.go/o.ba.neun/de*.hak.

sse*ng.im.ni.da

我是高中生，哥哥是大學生。

공원은 깨끗하고 넓습니다.

gong.wo.neun/ge*.geu.ta.go/no*p.seum.ni.da

公園乾淨又寬廣。

➤ **會話一**

A：어떤 여자를 좋아해요?

o*.do*n/yo*.ja.reul/jjo.a.he*.yo

你喜歡什麼樣的女生？

B：예쁘고 착한 여자를 좋아해요.

ye.beu.go/cha.kan/yo*.ja.reul/jjo.a.he*.yo

我喜歡漂亮又善良的女生。

➤ **會話二**

A：이 옷이 어때요?

i/o.si/o*.de*.yo

這件衣服如何？

B：옷감도 좋고 값도 비싸지 않아요.

ot.gam.do/jo.ko/gap.do/bi.ssa.ji/a.na.yo

衣料好，價格又不貴。

➤ **本單元詞彙**

수박　su.bak　[名] 西瓜

달다　dal.da　[形] 甜

깨끗하다　ge*.geu.ta.da　[形] 乾淨

넓다　no*p.da　[形] 寬廣

착하다　cha.ka.da　[形] 善良／乖

-고　然後…

重點說明

1. 接在動詞後方，用來列舉兩個或兩個以上的動作。
2. 當고前後連接動詞時，也可表示「先後順序」，前後兩動作較無關聯。

➤ 例句參考

식사를 하고 가세요.

sik.ssa.reul/ha.go/ga.se.yo

請您吃過飯再走。

옷을 갈아입고 집을 나갔어요.

o.seul/ga.ra.ip.go/ji.beul/na.ga.sso*.yo

換好衣服後出門了。

밤에 저녁을 먹고 일을 했어요.

ba.me/jo*.nyo*.geul/mo*k.go/i.reul/he*.sso*.yo

晚上吃了晚餐，然後做了工作。

청소를 하고 샤워했습니다.

cho*ng.so.reul/ha.go/sya.wo.he*t.sseum.ni.da

打掃之後沖了澡。

➤ 會話一

A : 밖에 비가 오는데 이 우산을 들고 가요.

ba.ge/bi.ga/o.neun.de/i/u.sa.neul/deul.go/ga.yo

外面在下雨，你拿這把傘走吧。

B : 고마워요. 잘 쓸게요.

go.ma.wo.yo//jal/sseul.ge.yo

謝謝，我會好好使用。

➤ 會話二

A : 엄마, 저 다녀올게요.

o*m.ma//jo*/da.nyo*.ol.ge.yo

媽，我出門了。

B : 창문 닫고 가. 알았지?

chang.mun/dat.go/ga//a.rat.jji

把窗戶關上再走。知道嗎？

➤ 本單元詞彙

옷을 갈아입다　o.seul/ga.ra.ip.da　[詞組] 換衣服

일을 하다　i.reul/ha.da　[詞組] 工作

샤워하다　sya.wo.ha.da　[動] 沖澡

들다　deul.da　[動] 拿／提

닫다　dat.da　[動] 關上

-(으)며　並列

重點說明

1. 若接在形容詞語幹後方，表示「並列」，口語中多用「고」。
2. 若接在動詞語幹後方，表示兩個動作同時進行；此時主語必須一致，口語中多用「(으)면서」。
3. 名詞後方接(이)며。

➤ 例句參考

미소를 지으며 말했어요.

mi.so.reul/jji.eu.myo*/mal.he*.sso*.yo

邊微笑邊說了。

여름 날씨는 더우며 비가 많아요.

yo*.reum/nal.ssi.neun/do*.u.myo*/bi.ga/ma.na.yo

夏天天氣熱，又很會下雨。

그는 나의 애인이며 나의 선생님이다.

geu.neun/na.ui/e*.i.ni.myo*/na.ui/so*n.se*ng.ni.mi.da

他是我的愛人又是我的老師。

여기는 조용하며 환경도 좋다.

yo*.gi.neun/jo.yong.ha.myo*/hwan.gyo*ng.do/jo.ta

這裡安靜，環境又好。

그 사람은 나를 쳐다보며 웃었어요.

geu.sa.ra.meun/na.reul/cho*.da.bo.myo*/u.so*.sso*.yo

那個人一邊注視著我一邊笑。

비가 오며 바람 불어 참 시원하다.

bi.ga/o.myo*/ba.ram/bu.ro*/cham/si.won.ha.da

下雨又起風真涼爽。

이승기는 가수이며 배우입니다.

i.seung.gi.neun/ga.su.i.myo*/be*.u.im.ni.da

李昇基是歌手又是演員。

커피를 마시며 일을 해요.

ko*.pi.reul/ma.si.myo*/i.reul/he*.yo

一邊喝咖啡一邊工作。

➤ **本單元詞彙**

미소를 짓다 mi.so.reul/jjit.da ［詞組］露出微笑

덥다 do*p.da ［形］熱

쳐다보다 cho*.da.bo.da ［動］注視／仰望

웃다 ut.da ［動］笑

바림이 불다 ba.ra.mi/bul.da ［詞組］刮風

-거나　或者…

重點說明

1. 接在動詞或形容詞語幹後方，表示「選擇」。

2. 名詞後方接(이)나。參考P. 182

➤ 例句參考

심심할 때 영화를 보거나 게임을 해요.

sim.sim.hal/de*/yo*ng.hwa.reul/bo.go*.na/ge.i.meul/he*.yo

無聊的時候，會看電影或玩遊戲。

시간이 없거나 가방이 무거울 때 택시를 타요.

si.ga.ni/o*p.go*.na/ga.bang.i/mu.go*.ul/de*/te*k.ssi.reul/
ta.yo

沒有時間或包包很重的時候，會搭計程車。

저녁은 나가서 먹거나 배달을 시킵시다.

jo*.nyo*.geun/na.ga.so*/mo*k.go*.na/be*.da.reul/ssi.kip.ssi.da

我們晚餐出去吃或叫外賣吧。

자기 전에 드라마를 보거나 공부를 해요.

ja.gi/jo*.ne/deu.ra.ma.reul/bo.go*.na/gong.bu.reul/he*.yo

睡覺前，會看連續劇或唸書。

➤ 會話一

A：머리가 아파요. 감기에 걸렸어요.

mo*.ri.ga/a.pa.yo//gam.gi.e/go*l.lyo*.sso*.yo

頭很痛，我感冒了。

B：병원에 가거나 감기약을 사세요.

byo*ng.wo.ne/ga.go*.na/gam.gi.ya.geul/ssa.se.yo

請你去看醫生或買感冒藥。

➤ 會話二

A：주말에 보통 뭐 하세요?

ju.ma.re/bo.tong/mwo/ha.se.yo

你週末一般在做什麼？

B：주말에 등산을 가거나 수영을 해요.

ju.ma.re/deung.sa.neul/ga.go*.na/su.yo*ng.eul/he*.yo

週末會去爬山或游泳。

➤ 本單元詞彙

심심하다　sim.sim.ha.da　[形] 無聊

시간이 없다　si.ga.ni/o*p.da　[詞組] 沒有時間

무겁다　mu.go*p.da　[形] 重

병원　byo*ng.won　[名] 醫院

등산　deung.san　[名] 爬山

-다가　中斷／轉換

重點説明

1. 接在動詞語幹後方，表示某一動作的中斷，相當於中文的「做… 到一半就…」。

2. 接在形容詞語幹後方，表示狀態的改變，相當於中文的「原本… 後來變…」。

3. 可以與過去式語尾「았/었/였」一起使用，表示一個動作完成 後接著做另一件事。

➤ 例句參考

날씨가 좋다가 갑자기 흐려졌어요.

nal.ssi.ga/jo.ta.ga/gap.jja.gi/heu.ryo*.jo*.sso*.yo

天氣原本很好，突然變陰了。

회사에 가다가 동창을 만났어요.

hwe.sa.e/ga.da.ga/dong.chang.eul/man.na.sso*.yo

去上班的途中遇到了以前的同學。

옷을 사다가 전화를 받았어요.

o.seul/ssa.da.ga/jo*n.hwa.reul/ba.da.sso*.yo

買衣服買到一半接了電話。

모자를 썼다가 벗었어요.

mo.ja.reul/sso*t.da.ga/bo*.so*.sso*.yo

戴了帽子又拿下來了。

며칠 동안 거기에 있다가 오세요.

myo*.chil/dong.an/go*.gi.e/it.da.ga/o.se.yo

請你在那裡待幾天後再來。

계속 비가 오다가 오후부터 개었어요.

gye.sok/bi.ga/o.da.ga/o.hu.bu.to*/ge*.o*.sso*.yo

原本一直下雨，從下午開始就轉晴了。

누나가 요리를 하다가 재료를 사러 나갔어요.

nu.na.ga/yo.ri.reul/ha.da.ga/je*.ryo.reul/ssa.ro*/na.ga.sso*.yo

姊姊做菜做到一半，就出去買材料了。

술을 마시다가 취했어요.

su.reul/ma.si.da.ga/chwi.he*.sso*.yo

喝酒後醉了。

➤ **本單元詞彙**

흐려지다　heu.ryo*.jl.da　［動］（天氣）變陰

모자를 쓰다　mo.ja.reul/sseu.da　［詞組］戴帽子

벗다　bo*t.da　［動］脫下／拿下

개다　ge*.da　［動］放晴／轉晴

-(으)면　如果…

重點說明

1. 接在動詞、形容詞或이다後方，表示條件或假設。
2. 當語幹以母音或ㄹ結束時，就接면；當語幹以子音結束時，就接으면。

➤ 例句參考

어떻게 하면 돼요?

o*.do*.ke/ha.myo*n/dwe*.yo

該怎麼做才好？

마음에 들면 할인해 드릴게요.

ma.eu.me/deul.myo*n/ha.rin.he*/deu.ril.ge.yo

您喜歡的話，我打折給您。

그 친구를 만나면 이걸 좀 전해 주세요.

geu.chin.gu.reul/man.na.myo*n/i.go*l/jom/jo*n.he*/ju.se.yo

遇到那位朋友的話，請把這個交給他。

여름이 오면 날씨가 습해지고 더워져요.

yo*.reu.mi/o.myo*n/nal.ssi.ga/seu.pe*.ji.go/do*.wo.jo*.yo

夏天來的話，天氣會變得潮濕又熱。

➤ 會話一

A : 이 만화책이 재미있네요.

i/man.hwa.che*.gi/je*.mi.in.ne.yo

這本漫畫很有趣呢！

B : 좋아하면 가져 가도 돼요.

jo.a.ha.myo*n/ga.jo*/ga.do/dwe*.yo

你喜歡的話可以拿走。

➤ 會話二

A : 내일 비가 오면 오지 마세요.

ne*.il/bi.ga/o.myo*n/o.ji/ma.se.yo

如果明天下雨，請你不要來。

B : 아니요. 꼭 도우러 올게요.

a.ni.yo//gok/do.u.ro*/ol.ge.yo

不，我一定會來幫你。

➤ 本單元詞彙

할인하다　ha.rin.ha.da　［動］打折

전하다　jo*n.ha.da　［動］轉交

습하다　seu.pa.da　［形］潮濕

가져가다　ga.jo*.ga.da　［動］拿走／帶走

돕다　dop.da　［動］幫助

-(으)려면　想要…的話…

重點說明

1. 接在動詞後方，表示假設有某一計畫或意圖。

2. 當動詞語幹以母音或ㄹ結束時，就接려면；當動詞語幹以子音結束時，就接으려면。

3. 通常後面會跟著「아/어야 하다」或「(으)세요」等的句型。

➤ 例句參考

> **여행을 가려면 여권부터 신청해야 돼요.**
>
> yo*.he*ng.eul/ga.ryo*.myo*n/yo*.gwon.bu.to*/sin.cho*ng.
> he*.ya/dwe*.yo
>
> 如果想去旅行，必須先辦護照。

> **좋은 대학에 입학하려면 열심히 공부하세요.**
>
> jo.eun/de*.ha.ge/i.pa.ka.ryo*.myo*n/yo*l.sim.hi/gong.bu.ha.
> se.yo
>
> 如果想進入好大學，請你認真讀書。

> **사장님을 만나뵈려면 오후 3시전에 오세요.**
>
> sa.jang.ni.meul/man.na.bwe.ryo*.myo*n/o.hu/se/si.jo*.ne/
> o.se.yo
>
> 如果想見社長，請您下午三點前過來。

> **그 팀을 이기려면 많이 연습해야 해요.**

geu/ti.meul/i.gi.ryo*.myo*n/ma.ni/yo*n.seu.pe*.ya/he*.yo

想打贏那支隊伍，必須多多練習。

➤ **會話一**

A：기차역에 가려면 어디로 가야 해요?

gi.cha.yo*.ge/ga.ryo*.myo*n/o*.di.ro/ga.ya/he*.yo

想去火車站，該往哪裡走？

B：저도 기차역에 가는데 같이 가요.

jo*.do/gi.cha.yo*.ge/ga.neun.de/ga.chi/ga.yo

我也要去火車站，一起走吧。

➤ **會話二**

A：살을 빼려면 어떻게 해야 할까요?

sa.reul/be*.ryo*.myo*n/o*.do*.ke/he*.ya/hal.ga.yo

想減肥的話，該怎麼做才好？

B：단 음식을 먹지 말고 야채를 많이 먹어요.

dan/eum.si.geul/mo*k.jji/mal.go/ya.che*.reul/ma.ni/
mo*.go*.yo

不要吃甜食，多吃蔬菜。

-(으)러 가다　去…做某事

重點説明

1. 接在動詞後方，表示移動的目的，後面通常會跟移動性動詞가다(去)、오다(來)、나가다(出去)、들어가다(進去)等一起使用。

2. 當動詞語幹以母音或ㄹ結束時，就使用러；當動詞語幹以子音結束時，就要使用으러。

➤ 例句參考

저녁 밥을 사러 나갔어요.

jo*.nyo*k/ba.beul/ssa.ro*/na.ga.sso*.yo

出去買晚餐了。

식사하러 식당에 갑니다.

sik.ssa.ha.ro*/sik.dang.e/gam.ni.da

去餐館用餐。

소포를 보내러 우체국에 가요.

so.po.reul/bo.ne*.ro*/u.che.gu.ge/ga.yo

去郵局寄包裹。

커피를 마시러 커피숍에 갔어요.

ko*.pi.reul/ma.si.ro*/ko*.pi.syo.be/ga.sso*.yo

去咖啡廳喝咖啡了。

➤ **會話一**

A：내일 같이 롯데월드에 놀러 갈까요?

ne*.il/ga.chi/rot.de.wol.deu.e/nol.lo*/gal.ga.yo

明天一起去樂天世界玩好嗎？

B：미안해요. 다른 약속이 있어요.

mi.an.he*.yo//da.reun/yak.sso.gi/i.sso*.yo

對不起，我有約了。

➤ **會話二**

A：뭐 하러 오셨어요?

mwo/ha.ro*/o.syo*.sso*.yo

您來這有什麼事？

B：비서님한테 전할 것이 있어서 왔어요.

bi.so*.nim.han.te/jo*n.hal/go*.si/i.sso*.so*/wa.sso*.yo

來這裡是因為有東西要轉交給秘書。

➤ **本單元詞彙**

소포를 보내다　so.po.reul/bo.ne*.da　「詞組」寄包裹

커피숍　ko*.pi.syop　[名] 咖啡廳

약속　yak.ssok　[名] 約定／約束

비서　bi.so*　[名] 秘書

전하다　jo*n.ha.da　[動] 轉交

-(으)려고　為了…而…

重點説明

1. 連接在動詞語幹後方，表示說話者的目的或意圖，前後兩個動作的主語必須一致。

2. 當動詞語幹以母音或ㄹ結束時，就接려고；當動詞語幹以子音結束時，就接으려고。

➤ 例句參考

전자 사전을 사려고 용산까지 갔어요.

jo*n.ja/sa.jo*.neul/ssa.ryo*.go/yong.san.ga.ji/ga.sso*.yo

為了買電子詞典去了龍山。

소녀시대를 보려고 콘서트에 갔어요.

so.nyo*.si.de*.reul/bo.ryo*.go/kon.so*.teu.e/ga.sso*.yo

為了看少女時代，去看了演唱會。

다이어트를 하려고 매일 운동해요.

da.i.o*.teu.reul/ha.ryo*.go/me*.il/un.dong.he*.yo

為了減肥每天運動。

공무원이 되려고 공부해요.

gong.mu.wo.ni/dwe.ryo*.go/gong.bu.he*.yo

為了成為公務員而念書。

228

기차를 타려고 기차표를 예약했어요.

gi.cha.reul/ta.ryo*.go/gi.cha.pyo.reul/ye.ya.ke*.sso*.yo

為了搭火車訂了火車票。

파마하려고 헤어샵에 가요.

pa.ma.ha.ryo*.go/he.o*.sya.be/ga.yo

為了燙頭髮去美髮廳。

좋은 일자리를 구하려고 한국어를 배우고 있어요.

jo.eun/il.ja.ri.reul/gu.ha.ryo*.go/han.gu.go*.reul/be*.u.go/
i.sso*.yo

為了找到好工作，正在學韓語。

우유를 마시려고 냉장고를 열었어요.

u.yu.reul/ma.si.ryo*.go/ne*ng.jang.go.reul/yo*.ro*.sso*.yo

為了喝牛奶，打開冰箱。

➤ **本單元詞彙**

콘서트　kon.so*.teu　[名] 演唱會

기차표　gi.cha.pyo　[名] 火車票

예약하다　ye.ya.ka.da　[動] 預約／預訂

파마하다　pa.ma.ha.da　[動] 燙髮

일자리를 구하다　il.ja.ri.reul/gu.ha.da　[詞組] 找工作

-아/어서 ①因為…所以…

重點說明

1. 接在動詞、形容詞語幹後方，表示前面的子句是後面子句的原因或理由。

2. 當語幹的母音是「ㅏ, ㅗ」時，接아서；當語幹的母音不是「ㅏ, ㅗ」時，就接어서；하다類詞彙則接여서，結合起來成해서。

3. 名詞後方則是接上「(이)라서」，也可以使用이어서，但在一般的對話中，要使用이라서。

➤ 例句參考

전화해주셔서 감사합니다.

jo*n.hwa.he*.ju.syo*.so*/gam.sa.ham.ni.da

謝謝您打電話過來。

숙제가 어려워서 안 했어요.

suk.jje.ga/o*.ryo*.wo.so*/an/he*.sso*.yo

因為作業很難，所以沒有寫。

윤아가 성적이 좋아서 반장이 됐어요.

yu.na.ga/so*ng.jo*.gi/jo.a.so*/ban.jang.i/dwe*.sso*.yo

潤娥的成績好，所以當上了班長。

> **태풍이 와서 강한 바람이 불어요.**
>
> te*.pung.i/wa.so*/gang.han/ba.ra.mi/bu.ro*.yo
>
> 颱風來了，所以颳強風。

> **會話一**

> **A : 기분이 좋아 보이네요.**
>
> gi.bu.ni/jo.a/bo.i.ne.yo
>
> 你心情看起來很好呢！
>
> **B : 오늘 내 생일이라서 기분이 좋아요.**
>
> o.neul/ne*/se*ng.i.ri.ra.so*/gi.bu.ni/jo.a.yo
>
> 因為今天是我的生日，心情好啊！

> **會話二**

> **A : 어제 선 본 남자는 어땠어요?**
>
> o*.je/so*n/bon/nam.ja.neun/o*.de*.sso*.yo
>
> 昨天你相親的男生如何？
>
> **B : 키가 너무 작아서 마음에 안 들어요.**
>
> ki.ga/no*.mu/ja.ga.so*/ma.eu.me/an/deu.ro*.yo
>
> 個子太矮了，我不喜歡。

─아/어서 ②…然後…

重點說明

1. 接在動詞語幹後方，表示動作在時間上的前後關係，也就是前面的子句動作發生之後，才會發生後面子句的動作。

2. 此句型的前後兩個動作有極為密切的關係。

➤ 例句參考

신발 가게에 가서 구두 하나를 샀어요.

sin.bal/ga.ge.e/ga.so*/gu.du/ha.na.reul/ssa.sso*.yo

去鞋店買了一雙皮鞋。

소주 두 병을 사서 마셨어요.

so.ju/du/byo*ng.eul/ssa.so*/ma.syo*.sso*.yo

買了兩瓶燒酒喝。

친구를 만나서 영화를 봤어요.

chin.gu.reul/man.na.so*/yo*ng.hwa.reul/bwa.sso*.yo

見了朋友，然後一起看了電影。

이제 집에 가서 잘 거예요.

i.je/ji.be/ga.so*/jal/go*.ye.yo

現在我要回家睡覺了。

여행사에 전화해서 비행기표를 예약했어요.

yo*.he*ng.sa.e/jo*n.hwa.he*.so*/bi.he*ng.gi.pyo.reul/ye.ya.

ke*.sso*.yo

打電話給旅行社訂好機票了。

고려 인삼을 사서 부모님께 보냈어요.

yo*.he*ng.sa.e/jo*n.hwa.he*.so*/bi.he*ng.gi.pyo.reul/ye.ya.

ke*.sso*.yo

買高麗人蔘寄給父母了。

➤ 會話

A : 내일 뭐 할 거예요?

ne*.il/mwo/hal/go*.ye.yo

明天你要做什麼？

B : 내일 여자친구를 만나서 놀이공원에 갈 거예요.

ne*.il/yo*.ja.chin.gu.reul/man.na.so*/no.ri.gong.wo.ne/

gal/go*.ye.yo

明天我會和女朋友見面，然後去遊樂園玩。

➤ 本單元詞彙

구두 gu.du [名] 皮鞋

영화를 보다 yo*ng.hwa.reul/bo.da [詞組] 看電影

여행사 yo*.he*ng.sa [名] 旅行社

예약하다 ye.ya.ka.da [動] 預約／預訂

―자마자　一…就…

重點說明

1. 接在動詞語幹後方，表示前面的動作或事件一結束，馬上出現後面的動作或事件。

2. 자마자前後兩個子句的主語不一定要相同。

➤ 例句參考

이번 학기가 끝나자마자 여행을 가기로 했어요.

i.bo*n/hak.gi.ga/geun.na.ja.ma.ja/yo*.he*ng.eul/ga.gi.ro/he*.sso*.yo

我打算這學期一結束就去旅行。

미국에 도착하자마자 어머니께 전화를 드렸어요.

mi.gu.ge/do.cha.ka.ja.ma.ja/o*.mo*.ni.ge/jo*n.hwa.reul/deu.ryo*.sso*.yo

一抵達美國就打電話給媽媽了。

아침에 일어나자마자 시계를 봤어요.

a.chi.me/i.ro*.na.ja.ma.ja/si.gye.reul/bwa.sso*.yo

早上一起床就看了時鐘。

시험 마치자마자 거기로 갈게요.

si.ho*m/ma.chi.ja.ma.ja/go*.gi.ro/gal.ge.yo

考試一結束我就去那裡。

그 아기가 나를 보자마자 울었어요.

geu.a.gi.ga/na.reul/bo.ja.ma.ja/u.ro*.sso*.yo

那個孩子一看到我就哭了。

대만에 돌아가자마자 고향에 갈 거예요.

de*.ma.ne/do.ra.ga.ja.ma.ja/go.hyang.e/gal/go*.ye.yo

一回到台灣就要回故鄉。

학교에서 집에 오자마자 방에서 잠이 들었어요.

hak.gyo.e.so*/ji.be/o.ja.ma.ja/bang.e.so*/ja.mi/deu.ro*.sso*.yo

一從學校回來就在房間睡著了。

새 핸드폰을 사자마자 고장났어요.

se*/he*n.deu.po.neul/ssa.ja.ma.ja/go.jang.na.sso*.yo

一買新的手機就壞掉。

➤ **本單元詞彙**

학기　hak.gi　〔名〕學期

끝나다　geun.na.da　〔動〕結束

일어나다　i.ro*.na.da　〔動〕起床

마치다　ma.chi.da　〔動〕結束

고장나다　go.jang.na.da　〔動〕故障

-(으)니까　因為…所以…

重點説明

1. 接在動詞、形容詞語幹後方，表示理由或判斷的依據。
2. 當語幹以母音或ㄹ結束時，就使用니까；當語幹以子音結束時，就要使用으니까。
3. 可以連接時態았/었或겠，而且通常會與祈使句或勸誘句一同使用。

➤ 例句參考

돈이 없으니까 살 수 없어요.

do.ni/o*p.sseu.ni.ga/sal/ssu/o*p.sso*.yo

沒有錢沒辦法買。

오늘은 일이 많으니까 다음에 만나자.

o.neu.reun/i.ri/ma.neu.ni.ga/da.eu.me/man.na.ja

今天工作很多，下次再見面吧。

내일부터 방학이니까 늦게 자도 돼요.

ne*.il.bu.to*/bang.ha.gi.ni.ga/neut.ge/ja.do/dwe*.yo

明天開始是放假了，晚睡也沒關係。

시간이 없으니까 빨리 출발합시다.

si.ga.ni/o*p.sseu.ni.ga/bal.li/chul.bal.hap.ssi.da

沒有時間，我們快點出發吧。

➤ 會話一

A : 날씨가 더우니까 에어컨을 켜세요.

nal.ssi.ga/do*.u.ni.ga/e.o*.ko*.neul/kyo*.se.yo

天氣熱,請你開冷氣。

B : 선풍기도 켤까요?

so*n.pung.gi.do/kyo*l.ga.yo

電風扇也要開嗎?

➤ 會話二

A : 이 옷이 나한테 어울려요?

i/o.si/na.han.te/o*.ul.lyo*.yo

這件衣服適合我嗎?

B : 예쁜데 너무 비싸니까 사지 마요.

ye.beun.de/no*.mu/bi.ssa.ni.ga/sa.ji/ma.yo

是很漂亮,可是太貴了,不要買吧!

➤ 本單元詞彙

다음　da.eum　〔名〕下次

방학　bang.hak　〔名〕放假

출발하다　chul.bal.ha.da　〔動〕出發

에어컨을 켜다　e.o*.ko*.neul/kyo*.da　〔詞組〕開冷氣

어울리다　o*.ul.li.da　〔動〕適合／協調

-(으)므로　由於／因此…

重點說明

1. 接在動詞或形容詞語幹後方，表示原因、理由、根據，大多使用在書面語、演講或發表的場合。

2. 名詞後方接(이)므로。

3. 不可以和命令句或勸誘句一起使用。

➤ 例句參考

영화가 시작되므로 핸드폰을 꺼 주시길 바랍니다.

yo*ng.hwa.ga/si.jak.dwe.meu.ro/he*n.deu.po.neul/go*/ju.si.
gil/ba.ram.ni.da

電影即將放映，請務必把手機關機。

낮 기온이 높으므로 썬크림을 발라야 합니다.

nat/gi.o.ni/no.peu.meu.ro/sso*n.keu.ri.meul/bal.la.ya/ham.
ni.da

白天的氣溫高，必須擦防曬乳。

교통사고가 많이 나는 지역이므로 조심히 운전하십시오.

gyo.tong.sa.go.ga/ma.ni/na.neun/ji.yo*.gi.meu.ro/jo.sim.hi/
un.jo*n.ha.sip.ssi.o

由於是常發生車禍的地區，請小心開車。

이 학생은 성적이 우수하므로 장학금을 수여합니다

i/hak.sse*ng.eun/so*ng.jo*.gi/u.su.ha.meu.ro/jang.hak.geu.
meul/ssu.yo*.ham.ni.da

此學生成績優異，特頒發獎學金。

경제적으로 어려우므로 실업자가 점점 늘어가고 있습니다.

gyo*ng.je.jo*.geu.ro/o*.ryo*.u.meu.ro/si.ro*p.jja.ga/jo*m.
jo*m/neu.ro*.ga.go/it.sseum.ni.da

由於經濟不景氣，失業者逐漸增多。

내부는 현재 공사 중이므로 관람할 수 없습니다.

ne*.bu.neun/hyo*n.je*/gong.sa/jung.i.meu.ro/gwal.lam.hal/
ssu/o*p.sseum.ni.da

由於內部正在施工，禁止參觀。

일교차가 크므로 외투 하나를 준비해야 됩니다.

il.gyo.cha.ga/keu.meu.ro/we.tu/ha.na.reul/jjun.bi.he*.ya/
dwem.ni.da

由於日溫差大，必須準備一件外套。

➤ **本單元詞彙**

우수하다　u.su.ha.da　［形］優異／優秀
수여하다　su.yo*.ha.da　［動］頒發／授與
관람하다　gwal.lam.ha.da　［動］參觀／觀覽

-(으)ㄴ/는데　①可是…／然而…

重點說明

1. 接在動詞、形容詞或이다 後方，表示「對立」。
2. 當形容詞語幹以母音結束時，使用ㄴ데；形容詞語幹以子音結束時，使用은데；接在動詞語幹後方時，不論是現在式或過去式都使用는데。
3. 使用在「있다」或「없다」後方時，使用는데。

➤ 例句參考

> ### 머리는 좋은데 운동을 못 해요.
> mo*.ri.neun/jo.eun.de/un.dong.eul/mot/he*.yo
> 頭腦好但運動神經不好。

> ### 듣기는 쉬운데 말하기는 어려워요.
> deut.gi.neun/swi.un.de/mal.ha.gi.neun/o*.ryo*.wo.yo
> 聽力簡單，口說難。

> ### 얼굴은 예쁜데 좀 뚱뚱해요.
> o*l.gu.reun/ye.beun.de/jom/dung.dung.he*.yo
> 臉蛋漂亮，可是有點胖。

> ### 두 번이나 설명했는데 아직 못 알아들어요.
> du/bo*.ni.na/so*l.myo*ng.he*n.neun.de/a.jik/mot/a.ra.deu.ro*.yo
> 説明了兩次，但還是聽不懂。

➤ 會話一

> **A：주말에 같이 쇼핑하러 갈까요?**
>
> ju.ma.re/ga.chi/syo.ping.ha.ro*/gal.ga.yo
>
> 週末要不要一起去逛街？
>
> **B：같이 가고 싶은데 시간이 없어요.**
>
> ga.chi/ga.go/si.peun.de/si.ga.ni/o*p.sso*.yo
>
> 我想一起去，可是沒有時間。

➤ 會話二

> **A：배가 고픈데 먹을 거 없어요?**
>
> be*.ga/go.peun.de/mo*.geul/go*/o*p.sso*.yo
>
> 我肚子餓，有吃的嗎？
>
> **B：라면이 있는데 젓가락이 없네요.**
>
> ra.myo*.ni/in.neun.de/jo*t.ga.ra.gi/o*m.ne.yo
>
> 有泡麵，可是沒有筷子。

➤ 本單元詞彙

얼굴　o*l.gul　[名] 臉／臉蛋

뚱뚱하다　dung.dung.ha.da　[形] 胖

설명하다　so*l.myo*ng.ha.da　[動] 說明

아직　a.jik　[副] 尚未／還沒

젓가락　jo*t.ga.rak　[名] 筷子

-(으)ㄴ/는데 ②背景説明

重點説明

1. 接在動詞、形容詞或이다 後方，表示「說明狀況及背景」。

2. 當形容詞語幹以母音結束時，使用ㄴ데；形容詞語幹以子音結束時，使用은데；接在動詞語幹後方時，不論是現在式或過去式都使用는데。

3. 使用在「있다」或「없다」後方時，使用는데。

➤ 例句參考

비가 오는데 우리 집에서 청소할까요?

bi.ga/o.neun.de/u.ri/ji.be.so*/cho*ng.so.hal.ga.yo

下雨了，我們在家裡打掃好嗎？

시간이 없는데 택시를 타고 갑시다.

si.ga.ni/o*m.neun.de/te*k.ssi.reul/ta.go/gap.ssi.da

沒有時間了，我們搭計程車去吧！

내일 일요일인데 뭐 할 거예요?

ne*.il/i.ryo.i.rin.de/mwo/hal/go*.ye.yo

明天是星期日，你要做什麼？

지갑을 안 가져 왔는데 돈 좀 빌려 줘요.

ji.ga.beul/an/ga.jo*/wan.neun.de/don/jom/bil.lyo*/jwo.yo

我沒帶錢包來，借我一點錢。

> **會話一**

A : 아이가 자는데 조용히 해 주세요.

　　a.i.ga/ja.neun.de/jo.yong.hi/he*/ju.se.yo

　　小孩在睡覺，請你安靜。

B : 미안해요. 나갈게요.

　　mi.an.he*.yo//na.gal.ge.yo

　　對不起，我出去。

> **會話二**

A : 향수를 사고 싶은데 어디에 있어요?

　　hyang.su.reul/ssa.go/si.peun.de/o*.di.e/i.sso*.yo

　　我想買香水，在哪裡？

B : 저를 따라 오세요.

　　jo*.reul/da.ra/o.se.yo

　　請跟我來。

> **本單元詞彙**

청소하다　cho*ng.so.ha.da　[動]打掃

가져오다　ga.jo*.o.da　[動]拿來

빌리다　bil.li.da　[動]借

조용히　jo.yong.hi　[副]安靜地

따르다　da.reu.da　[動]跟隨／跟著

－지만　雖然…但是…

重點說明

1. 可以接在動詞、形容詞或이다語幹後方，表示前後兩個句子互相對立。

2. 지만前方可以接過去式，形成「았/었지만」的形態。

3. 也可表示禮貌的客氣態度，後方才是說話者要表達的重點。

➤ 例句參考

콜라는 좋지만 사이다는 싫어요.

kol.la.neun/jo.chi.man/sa.i.da.neun/si.ro*.yo

我喜歡喝可樂，但是討厭喝汽水。

영어는 어렵지만 재미있어요.

yo*ng.o*.neun/o*.ryo*p.jji.man/je*.mi.i.sso*.yo

英語雖難卻很有趣。

값은 싸지만 품질이 안 좋아요.

gap.sseun/ssa.ji.man/pum.ji.ri/an/jo.a.yo

價格便宜，可是品質差。

어제는 날씨가 시원했지만 오늘은 더워요.

o*.je.neun/nal.ssi.ga/si.won.he*t.jji.man/o.neu.reun/do*.wo.yo

昨天天氣很涼爽，今天卻很熱。

➤ 會話一

A : 실례하지만 길 좀 물어도 돼요?

sil.lye.ha.ji.man/gil/jom/mu.ro*.do/dwe*.yo

不好意思，我可以跟您問路嗎？

B : 네, 물어보세요. 어디로 가세요?

ne//mu.ro*.bo.se.yo//o*.di.ro/ga.se.yo

好的，你問。您要去哪裡？

➤ 會話二

A : 맛이 어때요?

ma.si/o*.de*.yo

味道怎麼樣？

B : 좀 싱겁지만 맛있어요.

jom/sing.go*p.jji.man/ma.si.sso*.yo

味道雖有點淡，但很好吃。

➤ 本單元詞彙

콜라　　kol.la　[名] 可樂

사이다　sa.i.da　[名] 汽水

품질　　pum.jil　[名] 品質

시원하다　si.won.ha.da　[形] 涼爽／涼快

싱겁다　sing.go*p.da　[形] 清淡

-(으)면서　一邊…一邊…

重點說明

1. 接在動詞後方，表示句子前後的兩個動作同時發生。
2. 當動詞語幹以母音或ㄹ結束時，就接면서；當動詞語幹以子音結束時，就用으면서。
3. (으)면서前方不加았/었、겠等的時制語尾。

➤ 例句參考

가족 사진을 보면서 부모님을 생각해요.

ga.jok/sa.ji.neul/bo.myo*n.so*/bu.mo.ni.meul/sse*ng.ga.ke*.yo

一邊看著家人的照片，一邊想念父母。

민정 씨는 소설책을 읽으면서 울고 있어요.

min.jo*ng/ssi.neun/so.so*l.che*.geul/il.geu.myo*n.so*/ul.go/i.sso*.yo

敏靜一邊看小說一邊在哭。

아버지는 항상 텔레비전을 보면서 식사하세요.

a.bo*.ji.neun/hang.sang/tel.le.bi.jo*.neul/bo.myo*n.so*/sik.ssa.ha.se.yo

爸爸總是一邊看電視一邊用餐。

그 여자는 대학생이면서 모델이에요.

geu/yo*.ja.neun/de*.hak.sse*ng.i.myo*n.so*/mo.de.ri.e.yo

那個女生是大學生又是模特爾。

남동생이 잠을 자면서 잠꼬대를 해요.

nam.dong.se*ng.i/ja.meul/jja.myo*n.so*/jam.go.de*.reul/he*.yo

弟弟一邊睡覺一邊説夢話。

이 식당은 값도 싸면서 음식도 맛있어요.

i/sik.dang.eun/gap.do/ssa.myo*n.so*/eum.sik.do/ma.si.sso*.yo

這家餐館價格便宜東西又好吃。

➤ 會話

A : 걸으면서 음식을 먹으면 안 돼요.

go*.reu.myo*n.so*/eum.si.geul/mo*.geu.myo*n/an/
dwe*.yo

不可以邊走邊吃東西。

B : 알았어요. 다음에 주의할게요.

a.ra.sso*.yo//da.eu.me/ju.ui.hal.ge.yo

知道了，我下次會注意。

➤ 本單元詞彙

항상 hang.sang ［副］經常／總是

잠을 자다 ja.meul/jja.da ［詞組］睡覺

잠꼬대를 하다 jam.go.de*.reul/ha.da ［詞組］説夢話

음식 eum.sik ［名］食物／飲食

주의하다 ju.ui.ha.da ［動］注意

-아/어도　就算…/即使…

重點說明

1. 接在動詞或形容詞語幹後方，表示讓步或假設。

2. 當語幹的母音是「ㅏ.ㅗ」時，就接아도；如果語幹的母音不是「ㅏ.ㅗ」時，就接어도；如果是하다類的詞彙，就接여도，兩者結合後成為해도。

3. 有尾音的名詞後方接이어도，無尾音的名詞後方接여도。

➤ 例句參考

어려워도 열심히 해야 해요.

o*.ryo*.wo.do/yo*l.sim.hi/he*.ya/he*.yo

即使困難也要認真去做。

많이 먹어도 배가 부르지 않아요.

ma.ni/mo*.go*.do/be*.ga/bu.reu.ji/a.na.yo

即使吃了很多，還是不會飽。

아무리 선생님이어도 모르는 게 있어요.

a.mu.ri/so*n.se*ng.ni.mi.o*.do/mo.reu.neun/ge/i.sso*.yo

即使是老師，也有不懂的事。

바쁘셔도 꼭 한 번 만납시다.

ba.beu.syo*.do/gok/han/bo*n/man.nap.ssi.da

即使忙碌也一定要見個面。

➤ 會話一

A：지금 열도 나고 기침도 해요.

ji.geum/yo*l.do/na.go/gi.chim.do/he*.yo

我現在發燒又咳嗽。

B：오늘은 시험이 있으니까 아파도 꼭 와요.

o.neu.reun/si.ho*.mi/i.sseu.ni.ga/a.pa.do/gok/wa.yo

今天有考試，即使不舒服也一定要來。

➤ 會話二

A：날씨가 더워서 먹고 싶지 않아요.

nal.ssi.ga/do*.wo.so*/mo*k.go/sip.jji/a.na.yo

天氣熱，我不想吃。

B：입맛이 없어도 조금 먹어야지요.

im.ma.si/o*p.sso*.do/jo.geum/mo*.go*/ya.ji.yo

即使沒有胃口也要吃一點。

➤ 本單元詞彙

열심히　yo*l.sim.hi　［副］認真地／努力地

바쁘다　ba.beu.da　［形］忙碌

꼭　gok　［副］一定

열이 나다　yo*.ri/na.da　［詞組］發燒

기침을 하다　gi.chi.meul/ha.da　［詞組］咳嗽

Note

Chapter 8
終結語尾

-(으)ㄹ까요? 要不要一起…?

重點說明

1. 接在動詞後方，表示提議或詢問對方的意見，也表示說話者向聽話者提議要不要一起去做某事。

2. 當動詞語幹以母音或ㄹ結束時，就接ㄹ까요?；當動詞語幹以子音結束時，就接을까요?。

➤ 例句參考

낚시 하러 갈까요?

nak.ssi/ha.ro*/gal.ga.yo

要不要一起去釣魚？

맥주를 마실까요?

me*k.jju.reul/ma.sil.ga.yo

要不要喝啤酒？

나하고 춤 출까요?

na.ha.go/chum/chul.ga.yo

要不要和我跳支舞？

그분은 누구일까요?

geu.bu.neun/nu.gu.il.ga.yo

那位是誰？

➤ 會話一

A : 날씨가 더운데 수영하러 갈까요?

nal.ssi.ga/do*.un.de/su.yo*ng.ha.ro*/gal.ga.yo

天氣熱，要不要去游泳？

B : 가고 싶지만 수영복이 없네요.

ga.go/sip.jji.man/su.yo*ng.bo.gi/o*m.ne.yo

我也想去，可是我沒有泳衣。

➤ 會話二

A : 목이 마른데 편의점에 가서 음료수를 살까요?

mo.gi/ma.reun.de/pyo*.nui.jo*.me/ga.so*/eum.nyo.

su.reul/ssal.ga.yo

我口渴了，要不要去便利商店買飲料？

B : 좋아요. 나도 아이스크림을 먹고 싶어요.

jo.a.yo./na.do/a.i.seu.keu.ri.meul/mo*k.go/si.po*.yo

好啊，我也想吃冰淇淋。

➤ 本單元詞彙

낚시하다　nak.ssi.ha.da　[動] 釣魚

춤을 추다　chu.meul/chu.da　[詞組] 跳舞

수영복　su.yo*ng.bok　[名] 泳衣

편의점　pyo*.nui.jo*m　[名] 便利商店

목이 마르다　mo.gi/ma.reu.da　[詞組] 口渴

一자. …吧。

重點説明

1. 接在動詞語幹後方，使用在提議或尋求他人同意的時候。

2. 此為非敬語用法。敬語用法為「-(으)ㅂ시다. 」。參考P. 111

➤ 例句參考

나하고 같이 공부하자.

na.ha.go/ga.chi/gong.bu.ha.ja

和我一起讀書吧！

맛있겠다. 먹자!

ma.sit.get.da//mo*k.jja

一定很好吃！開動吧！

우리 모두 행복해지자.

u.ri/mo.du/he*ng.bo.ke*.ji.ja

我們一起幸福吧。

다들 싸움하지 말자.

da.deul/ssa.um.ha.ji/mal.jja

大家不要打架了。

➤ 會話一

A：바쁘면 내일 만나자!

  ba.beu.myo*n/ne*.il/man.na.ja

  你忙的話，我們明天見吧！

B：나 내일도 야근해야 되니까 주말에 만날까?

  na/ne*.il.do/ya.geun.he*.ya/dwe.ni.ga/ju.ma.re/man.nal.ga

  我明天也要上夜班，週末見面好嗎？

➤ 會話二

A：민정아, 이따가 백화점에 갈까?

  min.jo*ng.a//i.da.ga/be*.kwa.jo*.me/gal.ga

  敏靜，等一下要不要去百貨公司？

B：그냥 내일 가자. 오늘 너무 늦었잖아.

  geu.nyang/ne*.il/ga.ja//o.neul/no*.mu/neu.jo*t.jja.na

  我們明天去吧！今天太晚了。

➤ 本單元詞彙

행복하다　he*ng.bo.ka.da　［形］幸福

싸움하다　ssa.um.ha.da　［動］打架

야근하다　ya.geun.ha.da　［動］上夜班

그냥　geu.nyang　［副］就那樣

늦다　neut.da　［形］晚／遲

-(으)시지요. 請…吧。

重點說明

1. 接在動詞語幹後方，表示有禮貌地請求他人做某事，或向對方提出建議。

2. 「-(으)시지요」為지요的敬語型態。

➤ 例句參考

고객님, 여기에 앉으시지요.

go.ge*ng.nim//yo*.gi.e/an.jeu.si.ji.yo

客人，請這裡坐。

추우니까 옷 좀 입으시지요.

chu.u.ni.ga/ot/jom/i.beu.si.ji.yo

天氣冷，請穿點衣服。

제발 참으시지요.

je.bal/cha.meu.si.ji.yo

拜託忍忍吧！

빨리 좀 알려주시지요.

bal.li/jom/al.lyo*.ju.si.ji.yo

請您快點告訴我吧！

➤ 會話一

A : 음식이 많으니까 많이 드시지요.

eum.si.gi/ma.neu.ni.ga/ma.ni/deu.si.ji.yo

菜很多，請多吃一點。

B : 고맙습니다. 잘 먹겠습니다.

go.map.sseum.ni.da//jal/mo*k.get.sseum.ni.da

謝謝，我開動了。

➤ 會話二

A : 잠깐 쉬었다 가시지요.

jam.gan/swi.o*t.da/ga.si.ji.yo

您稍微休息一下再走吧！

B : 아닙니다. 바빠서 먼저 갈게요.

a.nim.ni.da//ba.bo*.so*/mo*n.jo*/gal.ge.yo

不，我有點忙先走了。

➤ 本單元詞彙

고객　go.ge*k　〔名〕顧客／客人

제발　je.bal　〔副〕千萬

참다　cham.da　〔動〕忍耐

알려주다　al.lyo*.ju.da　〔動〕告知

쉬다　swi.da　〔動〕休息

-(으)세요. 請你(做)…

重點説明

1. 使用於祈使句表達命令，接在動詞語幹後方，表示有禮貌地請求對方做某事。

2. 當動詞語幹以母音結束時，就使用세요；當動詞語幹以子音結束時，就使用으세요。

3. 「-지 마세요」表示有禮貌地請求對方不要做某事。

➤ 例句參考

빨리 하세요.

bal.li/ha.se.yo

請快一點。

얼른 드세요.

o*l.leun/deu.se.yo

請快點吃。

다시 한 번 말해 주세요.

da.si/han/bo*n/mal.he*/ju.se.yo

請您再説一次。

이거 좀 먹어보세요.

i.go*/jom/mo*.go*.bo.se.yo

請品嘗看看這個。

➤ 會話一

A : 여러분, 교과서 25쪽을 펴세요.

yo*.ro*.bun//gyo.gwa.so*/i.si.bo.jjo.geul/pyo*.se.yo

各位，請翻到教科書第25頁。

B : 선생님, 저 교과서를 안 가져 왔어요.

so*n.se*ng.nim//jo*/gyo.gwa.so*.reul/an/ga.jo*/wa.sso*.yo

老師，我沒帶教科書來。

➤ 會話二

A : 재미있는 책 좀 추천해 주세요.

je*.mi.in.neun/che*k/jom/chu.cho*n.he*/ju.se.yo

請推薦我好看的書。

B : 그러면 이 책 꼭 읽으세요. 완전 재미있어요.

geu.ro*.myo*n/i/che*k/gok/il.geu.se.yo//wan.jo*n/je*.
mi.i.sso*.yo

那你一定要看這本書。超級好看。

➤ 本單元詞彙

얼른　o*l.leun　［副］快點

다시　da.si　［副］再／又

쪽　jjok　［量］頁

펴다　pyo*.da　［動］翻開

완전　wan.jo*n　［名］完全／十分

-(으)ㄹ게요. 我來…／我會…

重點說明

1. 接在動詞後方，表示說話者表明自己的意思或意願，同時也向聽話者做出承諾，此句型只能用於第一人稱。

2. 當動詞語幹以母音或ㄹ結束時，就接ㄹ게요；當動詞語幹以子音結束時，就接을게요。

➤ 例句參考

이 일은 제가 할게요.

i/i.reun/je.ga/hal.ge.yo

這件事我來做。

밥 사 줄게요.

bap/sa/jul.ge.yo

我請你吃飯。

오늘은 내가 요리할게요.

o.neu.reun/ne*.ga/yo.ri.hal.ge.yo

今天我來煮飯。

십분만 기다릴게요.

sip.bun.man/gi.da.ril.ge.yo

我只等你十分鐘。

➤ 會話一

A : 어떡해요? 이 일을 정말 못 하겠어요.

o*.do*.ke*.yo//i/i.reul/jjo*ng.mal/mot/ha.ge.sso*.yo

怎麼辦？這件事我真的做不來。

B : 포기하지 마요. 내가 도와줄게요.

po.gi.ha.ji/ma.yo//ne*.ga/do.wa.jul.ge.yo

不要放棄，我會幫助你的。

➤ 會話二

A : 너무 더워요. 마실 거 없어요?

no*.mu/do*.wo.yo//ma.sil/go*/o*p.sso*.yo

太熱了，有喝的嗎？

B : 마실 것을 갖다 드릴게요.

ma.sil/go*.seul/gat.da/deu.ril.ge.yo

我拿喝的給您。

➤ 本單元詞彙

십분　sip.bun　［名］十分鐘

기다리다　gi.da.ri.da　［動］等待

어떡하다　o*.do*.ka.da　［慣］怎麼辦

포기하다　po.gi.ha.da　［動］放棄

갖다　gat.da　［動］帶／拿

-(으)ㄹ래요. 我要…/要不要…?

重點説明

1. 接在動詞語幹後方，表示説話者的意志或詢問對方的意見。
2. 當動詞語幹以母音或ㄹ結束時，就接ㄹ래요；當動詞語幹以子音結束時，就接을래요。

➤ 例句參考

피곤해서 이제 잘래요.

pi.gon.he*.so*/i.je/jal.le*.yo

我累了，現在要睡了。

사진 좀 찍어 주실래요?

sa.jin/jom/jji.go*/ju.sil.le*.yo

您可以幫我拍照嗎？

귤 하나 먹을래요?

gyul/ha.na/mo*.geul.le*.yo

你要吃一顆橘子嗎？

나는 막걸리 마실래요.

na.neun/mak.go*l.li/ma.sil.le*.yo

我要喝米酒。

➤ 會話一

A : 뭐 먹을래요?

mwo/mo*.geul.le*.yo

你要吃什麼？

B : 나는 냉면 먹을래요.

na.neun/ne*ng.myo*n/mo*.geul.le*.yo

我要吃冷麵。

➤ 會話二

A : 우리 뭐 좀 사러 가는데 같이 갈래?

u.ri/mwo/jom/sa.ro*/ga.neun.de/ga.chi/gal.le*

我們要去買點東西，要一起去嗎？

B : 아니, 더워서 집에 있을래.

a.ni//do*.wo.so*/ji.be/i.sseul.le*

不了，天氣熱我要待在家。

➤ 本單元詞彙

피곤하다　pi.gon.ha.da　[形] 疲累／疲憊

이제　i.je　[名] 現在

사진을 찍다　sa ji.neul/jjik.da　[詞組] 拍照

막걸리　mak.go*l.li　[名] 米酒

냉면　ne*ng.myo*n　[名] 冷麵

ㅡ지요 …吧？

重點説明

1. 接在動詞、形容詞或이다的語幹後方，可用於敘述句、命令句、勸誘句、疑問句上，帶有親切的語氣。

2. 當作疑問句使用時，表示詢問或尋求對方的確認。

3. 也可以使用在說話者為了向聽話者確認雙方(可能)已經知道的事實內容時。

➤ 例句參考

우리 아들 귀엽지요?

u.ri/a.deul/gwi.yo*p.jji.yo

我兒子很可愛吧？

이번 휴가 재미있으셨지요?

i.bo*n/hyu.ga/je*.mi.i.sseu.syo*t.jji.yo

這次的休假玩得開心吧？

문법이 어렵지요?

mun.bo*.bi/o*.ryo*p.jji.yo

文法很難吧？

국어 선생님이 누구시지요?

gu.go*/so*n.se*ng.ni.mi/nu.gu.si.ji.yo

國語老師是誰？

➤ 會話一

A : 초콜릿 좋아하지?

cho.kol.lit/jo.a.ha.ji

你喜歡吃巧克力吧？

B : 네, 완전 좋아해. 너는 싫지?

ne//wan.jo*n/jo.a.he*//no*.neun/sil.chi

對，超級喜歡。你不喜歡吃吧？

➤ 會話二

A : 그 사람이 박영미 씨지요?

geu/sa.ra.mi/ba.gyo*ng.mi/ssi.ji.yo

那個人是朴英美吧？

B : 그래요. 영미 씨는 왜 여기에 있지요?

geu.re*.yo//yo*ng.mi/ssi.neun/we*/yo*.gi.e/it.jji.yo

對啊！英美為什麼在這裡？

➤ 本單元詞彙

아들　a.deul　[名] 兒子

귀엽다　gwi.yo*p.da　[形] 可愛

문법　mun.bo*p　[名] 文法

국어　gu.go*　[名] 國語

초콜릿　cho.kol.lit　[名] 巧克力

─네요. 真是…呢！

重點說明

1. 接在動詞、形容詞或語幹後方，表示對自己發現的新事物或從他人那所得知的新事物，感到驚訝或驚喜時所發出的感嘆。

2. 名詞後方接(이)네요。

➤ 例句參考

건호 씨는 한국어를 잘하네요.

go*n.ho/ssi.neun/han.gu.go*.reul/jjal.ha.ne.yo

健豪你的韓語講得很好耶！

어머, 네 남자친구가 아주 잘 생겼네.

o*.mo*//ne/nam.ja.chin.gu.ga/a.ju/jal/sse*ng.gyo*n.ne

天哪！你男朋友好帥喔！

세경 씨는 어렸을 때 예쁜 아이였네요.

se.gyo*ng/ssi.neun/o*.ryo*.sseul/de*/ye.beun/a.i.yo*n.ne.yo

世京你小時候很可愛漂亮呢！

음악을 들으니까 기분이 좋네요.

eu.ma.geul/deu.reu.ni.ga/gi.bu.ni/jon.ne.yo

聽了音樂後，心情很好呢！

> 會話一

A : 피아노를 10년동안 배웠어요.

pi.a.no.reul/ssim.nyo*n.dong.an/be*.wo.sso*.yo

我學了十年的鋼琴。

B : 그러면 피아노를 잘 치겠네요.

geu.ro*.myo*n/pi.a.no.reul/jjal/chi.gen.ne.yo

那你鋼琴一定彈得很好吧！

> 會話二

A : 오늘 잔업해야 겠네요.

o.neul/jja.no*.pe*.ya/gen.ne.yo

今天要加班了呢！

B : 내가 도와 줄까요?

ne*.ga/do.wa/jul.ga.yo

要不要我幫你？

> 本單元詞彙

어머　o*.mo*　[嘆] 天哪／哎呀

잘 생기다　jal/sse*ng.gi.da　[詞組] 長得帥／長得好看

어리다　o*.ri.da　[形] 幼小

피아노를 치다　pi.a.no.reul/chi.da　[詞組] 彈鋼琴

잔업하다　ja.no*.pa.da　[動] 加班

速攻初級韓語　267

-군요 …啊！/…耶！

重點説明

1. 在說話者說明自己所新發現的事實，或說明自己的新感受時使用，帶有驚訝、感嘆的語感。
2. 形容詞語幹後方接「군요」；動詞語幹後方接「는군요」。
3. 過去式았/었接「군요」；未來式겠接「군요」。

➤ 例句參考

아기가 정말 귀엽군요!

a.gi.ga/jo*ng.mal/gwi.yo*p.gu.nyo

小孩真的很可愛耶！

정말 잘하는군요!

jo*ng.mal/jjal.ha.neun.gu.nyo

真的做得很棒呢！

집이 아주 깨끗하군요.

ji.bi/a.ju/ge*.geu.ta.gu.nyo

家裡很乾淨耶！

농담이 아니었군요.

nong.da.mi/a.ni.o*t.gu.nyo

原來不是開玩笑啊！

➤ 會話一

A : 어제 김 선생이 여기에 왔어요.

o*.je/gim/so*n.se*ng.i/yo*.gi.e/wa.sso*.yo

昨天金先生來這裡了。

B : 아, 그랬군요.

a//geu.re*t.gu.nyo

啊！那樣啊！

➤ 會話二

A : 여기 중고등학생들이 많군요.

yo*.gi/jung.go.deung.hak.sse*ng.deu.ri/man.ku.nyo

這裡國高中生很多呢！

B : 당연하죠. 오늘은 청소년을 위한 이벤트예요.

dang.yo*n.ha.jyo//o.neu.reun/cho*ng.so.nyo*.neul/

wi.han/i.ben.teu.ye.yo

當然啊，今天是專為青少年所舉辦的活動。

➤ 本單元詞彙

아주　a.ju　〔副〕很／非常

깨끗하다　ge*.geu.ta.da　〔形〕乾淨

농담　nong.dam　〔名〕玩笑話

청소년　cho*ng.so.nyo*n　〔名〕青少年

이벤트　i.ben.teu　〔名〕活動

−나요?／−(으)ㄴ가요? ···嗎?／···呢?

重點說明

1. 接在動詞或形容詞後方,表示用較禮貌、委婉的方式向他人提出疑問。

2. 接在動詞語幹後方時,使用나요?。

3. 接在以母音結束的形容詞語幹後方時,使用ㄴ가요?;接在以子音結束的形容詞語幹後方時,은가요?。

➤ 例句參考

공무원이었나요?

gong.mu.wo.ni.o*n.na.yo

你以前是公務員嗎?

지하철 역이 어딘가요?

ji.ha.cho*l/yo*.gi/o*.din.ga.yo

地鐵站在哪裡?

혹시 학생인가요?

hok.ssi/hak.sse*ng.in.ga.yo

你是學生嗎?

학생들이 다 어디 갔나요?

hak.sse*ng.deu.ri/da/o*.di/gan.na.yo

學生們都去哪裡了呢?

➤ 會話一

A : 어서 오세요. 뭘 찾으시나요?

o*.so*/o.se.yo//mwol/cha.jeu.si.na.yo

歡迎光臨，您要找什麼？

B : 선글라스를 찾고 있어요.

so*n.geul.la.seu.reul/chat.go/i.sso*.yo

我在找太陽眼鏡。

➤ 會話二

A : 어디가 아픈가요?

o*.di.ga/a.peun.ga.yo

你哪裡不舒服？

B : 넘어져서 다리를 다쳤어요.

no*.mo*.jo*.so*/da.ri.reul/da.cho*.sso*.yo

我跌倒腿受傷了。

➤ 本單元詞彙

공무원　gong.mu.won　[名] 公務員

혹시　hok.ssi　[副] 或許／萬一

선글라스　so*n.geul.la.seu　[名] 太陽眼鏡

넘어지다　no*.mo*.ji.da　[動] 跌倒

다치다　da.chi.da　[動] 受傷

Note

Chapter 9
慣用句型

-고 싶다　想要…

重點説明

1. 接在動詞語幹後方，表示談話者的希望、願望。
2. 如果主語是第三人稱「그(他)、그녀(她)、김준수(金俊秀)」，則必須使用「-고 싶어하다」。

➤ 例句參考

이거 환불하고 싶어요.

i.go*/hwan.bul.ha.go/si.po*.yo

這個我想退費。

머리핀을 사고 싶습니다.

mo*.ri.pi.neul/ssa.go/sip.sseum.ni.da

我想買髮夾。

형이 교수님이 되고 싶어합니다.

hyo*ng.i/gyo.su.ni.mi/dwe.go/si.po*.ham.ni.da

哥哥想成為教授。

반대하고 싶지 않습니다.

ban.de*.ha.go/sip.jji/an.sseum.ni.da

我不想反對。

➤ 會話一

A : 어디에 갈까요?

o*.di.e/gal.ga.yo

你要去哪裡?

B : 동대문에 가서 쇼핑하고 싶어요.

dong.de*.mu.ne/ga.so*/syo.ping.ha.go/si.po*.yo

我想去東大門購物。

➤ 會話二

A : 무슨 요리를 먹고 싶어요?

mu.seun/yo.ri.reul/mo*k.go/si.po*.yo

你想吃什麼料理呢?

B : 일본 요리를 먹고 싶어요.

il.bon/yo.ri.reul/mo*k.go/si.po*.yo

我想吃日本料理。

➤ 本單元詞彙

머리핀 mo*.ri.pin [名] 髮夾

교수 gyo.su [名] 教授

반대하다 ban.de*.ha.da [動] 反對

동대문 dong.de*.mun [地] 東大門

일본 요리 il.bon/yo.ri [詞組] 日本料理

-(으)면 좋겠다　希望…

重點説明

1. 接在動詞、形容詞後方，對即將發生的未來做假定，表示期望或願望。

2. 另外也可以和過去型았/었結合，成為「－았/었으면 좋겠다」的型態，此句型雖同樣表示期望或願望，但主要是對難以實現的或與現實相反的情況做假定，相當於中文的「要是…就好了」。

➤ 例句參考

서울대학교에 입학했으면 좋겠어요.

so*.ul.de*.hak.gyo.e/i.pa.ke*.sseu.myo*n/jo.ke.sso*.yo

希望我可以就讀首爾大學。

한국어를 잘했으면 좋겠어요.

han.gu.go*.reul/jjal.he*.sseu.myo*n/jo.ke.sso*.yo

希望韓語可以講得很好。

다시 만날 수 있었으면 좋겠어요.

da.si/man.nal/ssu/i.sso*.sseu.myo*n/jo.ke.sso*.yo

希望可以再見面。

나는 남자였으면 좋겠어요.

na.neun/nam.ja.yo*.sseu.myo*n/jo.ke.sso*.yo

希望我是男生。

같이 가면 좋겠어요.

ga.chi/ga.myo*n/jo.ke.sso*.yo

希望你能跟我一起去。

미리 나한테 얘기해 주면 좋겠어요.

mi.ri/na.han.te/ye*.gi.he*/ju.myo*n/jo.ke.sso*.yo

希望你可以事先跟我說。

그러지 않았으면 좋겠습니다.

geu.ro*.ji/a.na.sseu.myo*n/jo.ket.sseum.ni.da

要是不會那樣就好了。

생일 때 선물을 많이 받았으면 좋겠어요.

se*ng.il/de*/so*n.mu.reul/ma.ni/ba.da.sseu.myo*n/jo.ke.sso*.yo

生日的時候，可以收到很多禮物就好了。

➤ 本單元詞彙

입학하다   i.pa.ka.da   [動] 入學

다시   da.si   [副] 再次

미리   mi.ri   [副] 預先／預先

얘기하다   ye*.gi.ha.da   [動] 說話／講

받다   bat.da   [動] 收到／領取

-(으)ㄹ 수 있다　可以…

重點説明

1. 接在動詞語幹後方，表示某人有做某事的能力或可能性。
2. 當動詞語幹以母音結束時，就接「-ㄹ 수 있다」；當動詞語幹以子音結束時，就接「-을 수 있다」。
3. 若要表示某人沒有能力或無法做某事時，則使用否定型「-(으)ㄹ 수 없다」。

➤ 例句參考

우리도 세상을 바꿀 수 있어요.

u.ri.do/se.sang.eul/ba.gul/su/i.sso*.yo

我們也可以改變世界。

지금 도와줄 수 있어요?

ji.geum/do.wa.jul/su/i.sso*.yo

現在你可以幫我嗎？

움직일 수가 없어요.

um.ji.gil/su.ga/o*p.sso*.yo

無法動彈。

더는 참을 수가 없어요.

do*.neun/cha.meul/ssu.ga/o*p.sso*.yo

再也無法忍受了。

> **거기에 가면 화장품을 싸게 살 수 있어요.**
>
> go*.gi.e/ga.myo*n/hwa.jang.pu.meul/ssa.ge/sal/ssu/i.sso*.yo
>
> 去那裡的話，可以便宜買到化妝品。

> **이 웹페이지를 사용할 수 없습니다.**
>
> i/wep.pe.i.ji.reul/ssa.yong.hal/ssu/o*p.sseum.ni.da
>
> 這個網頁無法使用。

➤ 會話

A : 한국어를 할 수 있어요?

han.gu.go*.reul/hal/ssu/i.sso*.yo

你會說韓語嗎？

B : 네, 조금 할 수 있어요.

ne//jo.geum/hal/ssu/i.sso*.yo

會，我會說一點。

➤ 本單元詞彙

세상　se.sang　[名] 世界

바꾸다　ba.gu.da　[動] 交換／改變

움직이다　um.ji.gi.da　[動] 動彈／移動

웹페이지　wep.pe.i.ji　[名] 網頁

사용하다　sa.yong.ha.da　[動] 使用

－기 전에　在做…之前

重點說明

1. 接在動詞語幹後方，表示在做某個動作或行為之前，先進行後面的動作。

2. 若要表示在某個時間點之前，可以在時間名詞後方，加上「전에」。

例如：한 시간 전에(一個小時前)

➤ 例句參考

자기 전에 샤워해야 돼요.

ja.gi/jo*.ne/sya.wo.he*.ya/dwe*.yo

睡覺之前，應該沖澡。

놀기 전에 숙제를 하세요.

nol.gi/jo*.ne/suk.jje.reul/ha.se.yo

在玩之前，請先寫作業。

군대 가기 전에 해야 할 일이 뭐예요?

gun.de*/ga.gi/jo*.ne/he*.ya/hal/i.ri/mwo.ye.yo

當兵之前，要做的事情是什麼？

오전 9시 전에 여기에 오세요.

o.jo*n/a.hop.ssi/jo*.ne/yo*.gi.e/o.se.yo

上午九點前，請來這裡。

퇴근하기 전에 보고서를 다 써야 돼요.

twe.geun.ha.gi/jo*.ne/bo.go.so*.reul/da/sso*.ya/dwe*.yo

下班前，必須把報告寫完。

선생님이 오기 전에 단어를 외웠어요.

so*n.se*ng.ni.mi/o.gi/jo*.ne/da.no*.reul/we.wo.sso*.yo

老師來之前，背了單字。

시험 전에 펜하고 종이를 준비하세요.

si.ho*m/jo*.ne/pen.ha.go/jong.i.reul/jjun.bi.ha.se.yo

在考試前，請先準備筆和紙。

이번 주 금요일 전에 등록금을 납부하세요.

i.bo*n/ju/geu.myo.il/jo*.ne/deung.nok.geu.meul/nap.bu.ha.
se.yo

這週五之前，請繳交學費。

► 本單元詞彙

군대에 가다　gun.de*.e/ga.da　[詞組] 當兵

단어를 외우다　da.no*.reul/we.u.da　[詞組] 背單字

준비하다　jun.bi.ha.da　[動] 準備

등록금　deung.nok.geum　[名] 獎學金

납부하다　nap.bu.ha.da　[動] 繳交／繳納

-(으)ㄴ 후에　在做…之後

重點説明

1. 接在動詞後方，表示在做某個動作或行為之後，再做後面的動作。

2. 當動詞語幹以母音結束，就接ㄴ 후에；當動詞語幹以子音結束，就接은 후에；當動詞語幹以ㄹ結束，就要先刪掉ㄹ，然後接ㄴ 후에。

3. 要表示某個時間點之後，可以在時間名詞後方，加上「후에」。

➤ 例句參考

아침 먹은 후에 빨리 학교에 가요.

a.chim/mo*.geun/hu.e/bal.li/hak.gyo.e/ga.yo

吃完早餐後，快點去學校。

죽음 후에는 어떻게 될까?

ju.geum/hu.e.neun/o*.do*.ke/dwel.ga

死後會變得怎麼樣？

비타민제는 식후 30분 후에 복용하세요.

bi.ta.min.je.neun/si.ku/sam.sip.bun/hu.e/bo.gyong.ha.se.yo

維他命請飯後三十分鐘後服用。

퇴근한 후에 골프를 치러 갑시다.

twe.geun.han/hu.e/gol.peu.reul/chi.ro*/gap.ssi.da

下班後，一起去打高爾夫吧！

➤ **會話一**

A : 회사를 그만둔 후에 뭐 할 거예요?

hwe.sa.reul/geu.man.dun/hu.e/mwo/hal/go*.ye.yo

辭職後,你要做什麼?

B : 아직 결정하지 않았어요.

a.jik/gyo*l.jo*ng.ha.ji/a.na.sso*.yo

我還沒有決定。

➤ **會話二**

A : 퇴근 후에 시간 있으면 같이 식사할래?

twe.geun/hu.e/si.gan/i.sseu.myo*n/ga.chi/sik.ssa.hal.le*

下班後,如果有時間,要不要一起吃飯?

B : 좋죠! 우리 스파게티를 먹자!

jo.chyo*//u.ri/seu.pa.ge.ti.reul/mo*k.jja

好啊!我們去吃義大利麵吧!

➤ **本單元詞彙**

죽음　sa.yong.ha.da　[名] 死亡
비타민제　bi.ta.min.je　[名] 維他命
복용하다　bo.gyong.ha.da　[動] 服用
골프를 치다　gol.peu.reul/chi.da　[詞組] 打高爾夫
스파게티　seu.pa.ge.ti　[名] 義大利麵

ㅡ는 동안　在…的期間

重點説明

1. 接在動詞語幹後方，表示某個動作從開始到結束的時間。
2. 名詞後方接동안，表示在N的期間。

　例如：일년 동안(一年期間)

➤ 例句參考

오늘 2시간 동안 영어를 공부했어요.

o.neul/du.si.gan/dong.an/yo*ng.o*.reul/gong.bu.he*.sso*.yo

今天讀了兩個小時的英文。

여동생이 자는 동안 아버지가 집에 돌아오셨어요.

yo*.dong.se*ng.i/ja.neun/dong.an/a.bo*.ji.ga/ji.be/do.ra.

o.syo*.sso*.yo

在妹妹睡覺的期間，爸爸回家了。

언니가 화장을 하는 동안 나는 옷을 갈아입었어요.

o*n.ni.ga/hwa.jang.eul/ha.neun/dong.an/na.neun/o.seul/

ga.ra.i.bo*.sso*.yo

姊姊化妝的期間，我換了衣服。

지난 달에 삼일 동안의 휴가가 있었어요.

ji.nan/da.re/sa.mil/dong.a.nui/hyu.ga.ga/i.sso*.sso*.yo

上個月有三天的休假。

➤ 會話一

A : 내가 일하는 동안 혼자서 뭐 했어요?

ne*.ga/il.ha.neun/dong.an/hon.ja.so*/mwo/he*.sso*.yo

在我工作的期間，你一個人做了什麼？

B : 한국어를 공부했어요. 아주 어려웠어요.

han.gu.go*.reul/gong.bu.he*.sso*.yo//a.ju/o*.ryo*.
wo.sso*.yo

我讀了韓國語。很難。

➤ 會話二

A : 얼마 동안 서울에 있을 거예요?

o*l.ma/dong.an/so*.u.re/i.sseul/go*.ye.yo

你要在首爾待多久？

B : 일주일 동안 서울에 있을 거예요. 다음 주 화요일에 대만에 돌아가요.

il.ju.il/dong.an/so*.u.re/i.sseul/go*.ye.yo//da.eum/ju/
hwa.yo.i.re/de*.ma.ne/do.ra.ga.yo

我要在首爾待一星期。下週二回台灣。

➤ 本單元詞彙

화장을 히다　hwa.jang.eul/ha.da　[詞組] 化妝

옷을 갈아입다　o.seul/ga.ra.ip.da　[詞組] 換衣服

지난 달　ji.nan dal　[詞組] 上個月

휴가　hyu.ga　[名] 休假

-(으)ㄹ 때　做…的時候

重點説明

1. 接在動詞、形容詞或이다後方，表示動作、狀態發生或持續的時間。

2. 當語幹以母音結束，就接ㄹ 때；當語幹以子音結束，就接을 때。

3. 名詞後方接때，表示在N的那個時間。

　例如：회의 때(開會時)

➤ 例句參考

휴가 때 홍콩 여행을 가요.

hyu.ga/de*/hong.kong/yo*.he*ng.eul/ga.yo

休假時，要去香港旅行。

이것은 대학교 때 교과서예요.

i.go*.seun/de*.hak.gyo/de*/gyo.gwa.so*.ye.yo

這是大學時候的教科書。

밤에 집에 돌아갈 때 조심하세요.

ba.me/ji.be/do.ra.gal/de*/jo.sim.ha.se.yo

晚上回家的時候請小心。

피곤할 때 보통 커피를 사서 마셔요.

pi.gon.hal/de*/bo.tong/ko*.pi.reul/ssa.so*/ma.syo*.yo

疲累的時候，我通常會買咖啡來喝。

➤ 會話一

A : 생일 때 뭐 해요?

se*ng.il/de*/mwo/he*.yo

生日時你會做什麼？

B : 가족들과 같이 식사해요.

ga.jok.deul.gwa/ga.chi/sik.ssa.he*.yo

和家人一起用餐。

➤ 會話二

A : 책 읽기를 좋아해요?

che*k/il.gi.reul/jjo.a.he*.yo

你喜歡讀書嗎？

B : 아니요. 그냥 심심할 때만 가끔 만화책을 봐요.

a.ni.yo//geu.nyang/sim.sim.hal/de*.man/ga.geum/man.

hwa.che*.geul/bwa.yo

不喜歡，只有無聊的時候偶爾會看漫畫。

➤ 本單元詞彙

홍콩　hong.kong　[地] 香港

교과서　gyo.gwa.so*　[名] 教科書

조심하다　jo.sim.ha.da　[形] 小心

책을 읽다　che*.geul/ik.da　[詞組] 讀書

심심하다　sim.sim.ha.da　[形] 無聊

－기 때문에　因為…／由於…

重點說明

1. 接在動詞或形容詞語幹後方，表示原因或理由，這是較文言一點的說法。

2. 如果要接在名詞後方，則直接在名詞後方接上「때문에」。

3. 不可和命令型或勸誘型一同使用。

➤ 例句參考

시간이 없기 때문에 갈 수 없어요.

si.ga.ni/o*p.gi/de*.mu.ne/gal/ssu/o*p.sso*.yo

因為沒有時間，所以沒辦法去。

아프기 때문에 집에서 쉬고 있어요.

a.peu.gi/de*.mu.ne/ji.be.so*/swi.go/i.sso*.yo

因為不舒服，所以在家休息。

단순 증상이 아니기 때문에 꼭 치료해야 해요.

dan.sun/jeung.sang.i/a.ni.gi/de*.mu.ne/gok/chi.ryo.he*.ya/he*.yo

因為不是單純的症狀，所以一定要治療。

탄산음료를 좋아하기 때문에 콜라를 샀어요.

tan.sa.neum.nyo.reul/jjo.a.ha.gi/de*.mu.ne/kol.la.reul/ssa.sso*.yo

因為喜歡碳酸飲料，所以買了可樂。

➤ 會話一

A : 떡볶이 먹어요?

do*k.bo.gi/mo*.go*.yo

你要吃辣炒年糕嗎？

B : 아니요. 점심을 많이 먹었기 때문에 배불러요.

a.ni.yo//jo*m.si.meul/ma.ni/mo*.go*t.gi/de*.mu.ne/be*.bul.lo*.yo

不，午餐我吃很多，所以很飽。

➤ 會話二

A : 회사에 몇 시에 가요?

hwe.sa.e/myo*t/si.e/ga.yo

你幾點去公司？

B : 회의가 오후 2시에 있기 때문에 1시반까지 가야 돼요.

hwe.ui.ga/o.hu/du.si.e/it.gi/de*.mu.ne/han.si.ban.ga.ji/
ga.ya/dwe*.yo

會議是下午兩點，所以一點半前必須要到。

➤ 本單元詞彙

쉬다　　swi.da　　[動] 休息

단순　　dan.sun　　[名] 單純

증상　　jeung.sang　　[名] 症狀

탄산음료　　tan.sa.neum.nyo　　[名] 碳酸飲料

떡볶이　　do*k.bo.gi　　[名] 辣炒年糕

－기 위해(서)　為了…

重點說明

1. 接在動詞語幹後方，表示行動的目的或意圖，서可被省略。
2. 若接在名詞後方，則使用「－을/를 위해(서)」。
3. 若接在形容詞後方，則要使用「아/어/여지기 위해서」的句型。

➤ 例句參考

돈을 위해서 매일 열심히 일하고 있어요.

do.neul/wi.he*.so*/me*.il/yo*l.sim.hi/il.ha.go/i.sso*.yo

為了賺錢，每天認真在工作。

국가 미래를 위해 반드시 투표에 참여합시다.

guk.ga/mi.re*.reul/wi.he*/ban.deu.si/tu.pyo.e/cha.myo*.
hap.ssi.da

為了國家的未來，我們一定要參與投票。

병을 치료하기 위해 입원했어요.

byo*ng.eul/chi.ryo.ha.gi/wi.he*/i.bwon.he*.sso*.yo

為了治療疾病，而住院。

요리를 배우기 위해서 학원에 다녀요.

yo.ri.reul/be*.u.gi/wi.he*.so*/ha.gwo.ne/da.nyo*.yo

為了學料理，而去補習班補習。

더 예뻐지기 위해서 성형 수술을 받았어요.

do*/ye.bo*.ji.gi/wi.he*.so*/so*ng.hyo*ng/su.su.reul/ba.da.
sso*.yo

為了變得更漂亮，去整形了。

건강을 위해서 무엇을 해야 하나요?

go*n.gang.eul/wi.he*.so*/mu.o*.seul/he*.ya/ha.na.yo

為了健康，應該怎麼做才好？

➤ 會話

A : 우리 건배하자!

u.ri/go*n.be*.ha.ja

我們乾杯吧！

B : 모두의 행복을 위하여!

mo.du.ui/he*ng.bo.geul/wi.ha.yo*

為了大家的幸福！

➤ 本單元詞彙

국가　　guk.ga　[名] 國家

미래　　mi.re*　[名] 未來

투표　　tu.pyo　[名] 投票

참여하다　cha.myo*.ha.da　[動] 參與

치료하다　chi.ryo.ha.da　[動] 治療

-(으)ㄴ/는/(으)ㄹ 것 같다　好像…

重點説明

1. 接在動詞、形容詞或이다後方，表示對某事或某一狀態的推測。
2. 動詞現在式接「는 것 같다」；過去式接「(으)ㄴ 것 같다」；未來式接「(으)ㄹ 것 같다」。
3. 形容詞後方接「(으)ㄴ 것 같다」。
4. 名詞後方接「인 것 같다」。

➤ 例句參考

> ### 형이 야식을 먹고 있는 것 같아요.
> hyo*ng.i/ya.si.geul/mo*k.go/in.neun/go*t/ga.ta.yo
> 哥哥好像在吃消夜。

> ### 곧 비가 올 것 같아요.
> got/bi.ga/ol/go*t/ga.ta.yo
> 好像快要下雨了。

> ### 저분이 맞는 것 같아요.
> jo*.bu.ni/man.neun/go*t/ga.ta.yo
> 好像就是那位。

> ### 눈이 그친 것 같습니다.
> nu.ni/geu.chin/go*t/gat.sseum.ni.da
> 好像雨停了。

➤ 會話一

A : 영미는 방에 있어?

yo*ng.mi.neun/bang.e/i.sso*

英美在房間？

B : 방금 나간 것 같아.

bang.geum/na.gan/go*t/ga.ta

剛才好像出去了。

➤ 會話二

A : 이게 무슨 소리예요?

i.ge/mu.seun/so.ri.ye.yo

這是什麼聲音？

B : 바람 소리인 것 같아요.

ba.ram/so.ri.in/go*t/ga.ta.yo

好像是風聲。

➤ 本單元詞彙

야식　ya.sik　［名］消夜

곧　got　［副］馬上／立即

맞다　mat.da　［動］正確／沒錯

그치다　geu.chi.da　［動］停止

소리　so.ri　［名］聲音

-(으)ㄴ지 N 되다　從…至今…

重點說明

1. 接在動詞語幹後方，表示時間的經過，後面通常會跟著되다或 넘다等動詞。

2. 當動詞語幹以母音或ㄹ結束時，就接「ㄴ지」；當動詞語幹以 子音結束時，就接「은지」。

➤ 例句參考

간호사 한 지 10년이 넘었어요.

gan.ho.sa/han/ji/sim.nyo*.ni/no*.mo*.sso*.yo

我當護士超過十年了。

동건 씨가 여기서 일한 지 벌써 오년이 됐어요?

dong.go*n/ssi.ga/yo*.gi.so*/il.han/ji/bo*l.sso*/o.nyo*.ni/ dwe*.sso*.yo

東健你在這裡工作已經五年了嗎？

스마트폰이 생긴 지 얼마나 됐어요?

seu.ma.teu.po.ni/se*ng.gin/ji/o*l.ma.na/dwe*.sso*.yo

有智慧型手機已經多久了？

PC 게임을 끊은지 오래 됐어요.

PC/ge.i.meul/geu.neun.ji/o.re*/dwe*.sso*.yo

我不玩電腦遊戲已經很久了。

➤ 會話一

A : 한국말을 배운 지 얼마나 됐어요?

han.gung.ma.reul/be*.un/ji/o*l.ma.na/dwe*.sso*.yo

你學韓語已經多久了？

B : 한국말을 배운 지 반 년이 됐어요.

han.gung.ma.reul/be*.un/ji/ban/nyo*.ni/dwe*.sso*.yo

我學韓語已經半年了。

➤ 會話二

A : 서울에서 산 지 얼마나 됐어요?

so*.u.re.so*/san/ji/o*l.ma.na/dwe*.sso*.yo

你住在首爾有多久了？

B : 삼개월이 됐어요.

sam.ge*.wo.ri/dwe*.sso*.yo

有三個月了。

➤ 本單元詞彙

간호사　gan.ho.sa　[名] 護士

벌써　bo*l.sso*　[副] 已經

스마트폰　seu.ma.teu.pon　[名] 智慧型手機

게임　ge.im　[名] 遊戲

삼개월　sam.ge*.wol　[名] 三個月

－아/어야 되다　必須…／應該…

重點說明

1. 接在動詞或形容詞後方，表示必須要做的事或某種必然的情況。

2. 當語幹的母音是「ㅏ.ㅗ」時，就接아야 되다；如果語幹的母音不是「ㅏ.ㅗ」時，就接어야 되다；如果是하다類的詞彙，就接여야 되다。

3. 也可以使用「아/어야 하다」的句型，兩者意義相同。

> ## ➤ 例句參考

반드시 조심해야 해요.

ban.deu.si/jo.sim.he*.ya/he*.yo

必須小心才行。

돈을 지갑에 넣어야 됩니다.

do.neul/jji.ga.be/no*.o*.ya/dwem.ni.da

必須把錢放入錢包裡。

학교 가고 싶지만 일 해야 해요.

hak.gyo/ga.go/sip.jji.man/il/he*.ya/he*.yo

雖然想去學校，但必須工作。

> **방을 꼭 정리해야 해요?**
>
> bang.eul/gok/jo*ng.ni.he*.ya/he*.yo
>
> 房間一定要整理嗎？

➤ **會話一**

A : 언제 은행에 가야 돼요?

o*n.je/eun.he*ng.e/ga.ya/dwe*.yo

什麼時候必須去銀行？

B : 오후 3시 전에 꼭 가야 돼요.

o.hu/se.si/jo*.ne/gok/ga.ya/dwe*.yo

下午三點前，一定要去。

➤ **會話二**

A : 당근이 싫어요. 안 먹을래요.

dang.geu.ni/si.ro*.yo//an/mo*.geul.le*.yo

我討厭紅蘿蔔。我不想吃。

B : 건강을 위해서 다 먹어야 돼.

go*n.gang.eul/wi.he*.so*//da/mo*.go*.ya/dwe*

為了健康，必須全部吃完。

ー(으)ㄴ 적이 있다　曾經…

重點說明

1. 接在動詞語幹後方，表示有做過某事的經驗。
2. 當動詞語幹以母音結束時，就接ㄴ 적이 있다；當動詞語幹以子音結束時，就接은 적이 있다。
3. 「ー(으)ㄴ 적이 없다」則表示無做過某事的經驗。

➤ 例句參考

심한 감기에 걸린 적이 없어요.

sim.han/gam.gi.e/go*l.lin/jo*.gi/o*p.sso*.yo

我沒有得過重感冒。

어릴때 발레를 배운 적이 있어요.

o*.ril.de*/bal.le.reul/be*.un/jo*.gi/i.sso*.yo

小時候我有學過芭蕾。

그 말을 한 번도 잊은 적이 없어요.

geu/ma.reul/han/bo*n.do/i.jeun/jo*.gi/o*p.sso*.yo

那句話我一次也沒有忘記過。

술을 취할때까지 마셔 본 적이 없어요?

su.reul/chwi.hal.de*.ga.ji/ma.syo*/bon/jo*.gi/o*p.sso*.yo

你沒有喝酒喝到醉的經驗嗎？

➤ 會話一

A : 외국 여행을 해 본 적이 있어요?

we.guk/yo*.he*ng.eul/he*/bon/jo*.gi/i.sso*.yo

你有去過國外旅行嗎?

B : 네, 작년에 태국에 가 본 적이 있어요.

ne//jang.nyo*.ne/te*.gu.ge/ga/bon/jo*.gi/i.sso*.yo

有,去年我有去過泰國。

➤ 會話二

A : 대만 음식을 처음 먹어요?

de*.man/eum.si.geul/cho*.eum/mo*.go*.yo

你第一次吃台灣菜嗎?

B : 아니요. 먹어 본 적이 있어요.

a.ni.yo//mo*.go*/bon/jo*.gi/i.sso*.yo

不,我有吃過。

➤ 本單元詞彙

심하다　sim.ha.da　[形] 嚴重

발레　bal.le　[名] 芭蕾

잊다　it.da　[動] 忘記

작년　it.da　[名] 去年

태국　te*.guk　[名] 泰國

-아/어도 되다　可以…

重點說明

1. 接在動詞、形容詞或이다語幹後方，表示允許或許可。

2. 當語幹的母音是「ㅏ.ㅗ」時，就接아도 되다；如果語幹的母音不是「ㅏ.ㅗ」時，就接어도 되다；如果是하다類的詞彙，就接여도 되다。

3. 也可以使用「좋다」或「괜찮다」來取代되다。

➤ 例句參考

창문을 열어도 돼요?

chang.mu.neul/yo*.ro*.do/dwe*.yo

我可以開窗戶嗎？

뭐 좀 물어봐도 돼요?

mwo/jom/mu.ro*.bwa.do/dwe*.yo

我可以問個問題嗎？

동갑이니까 말을 놓아도 돼요.

dong.ga.bi.ni.ga/ma.reul/no.a.do/dwe*.yo

我們同年，你可以不用說敬語。

이 바나나를 먹어도 되죠?

i/ba.na.na.reul/mo*.go*.do/dwe.jyo

我可以吃這個香蕉嗎？

> **꼭 그 사람이 아니어도 돼요.**
>
> gok/geu/sa.ra.mi/a.ni.o*.do/dwe*.yo
>
> 不一定要是那個人。

> **비가 와도 괜찮아요.**
>
> bi.ga/wa.do/gwe*n.cha.na.yo
>
> 下雨也沒關係。

➤ **會話**

> **A : 비닐봉투 필요하세요?**
>
> bi.nil.bong.tu/pi.ryo.ha.se.yo
>
> 你需要塑膠袋嗎？
>
> **B : 안 줘도 됩니다. 고맙습니다.**
>
> an/jwo.do/dwem.ni.da//go.map.sseum.ni.da
>
> 不給也沒關係，謝謝。

➤ **本單元詞彙**

동갑　dong.gap　[名] 同歲／同年

바나나　ba.na.na　[名] 香蕉

꼭　gok　[副] 一定

비닐봉투　bi.nil.bong.tu　[名] 塑膠袋

필요하다　pi.ryo.ha.da　[形] 需要

-(으)면 안 되다　不能…／禁止…

重點說明

1. 由表假定條件的「(으)면」、表否定意義的「안」，以及有「許諾」意涵的「되다」結合而成，表示「禁止某一行為」。

2. 當語幹以母音或ㄹ結束時，就接면 안 되다；當語幹以子音結束時，就接으면 안 되다。

➤ 例句參考

여기 주차하면 안 됩니까?

yo*.gi/ju.cha.ha.myo*n/an/dwem.ni.ga

這裡不能停車嗎？

동물을 만지면 안 돼요.

dong.mu.reul/man.ji.myo*n/an/dwe*.yo

不可摸動物。

다른 사람한테 말하면 안 돼요.

da.reun/sa.ram.han.te/mal.ha.myo*n/an/dwe*.yo

不可向其他人說。

늦게 오면 안 돼요.

neut.ge/o.myo*n/an/dwe*.yo

不可以晚來。

➤ 會話一

A : 같이 가면 안 돼?

ga.chi/ga.myo*n/an/dwe*

不可以一起去嗎？

B : 미안해. 할 일이 많아서 못 가.

mi.an.he*//hal/i.ri/ma.na.so*/mot/ga

對不起，我要做的工作很多，不能去。

➤ 會話二

A : 지금 집에 돌아가도 돼요?

ji.geum/ji.be/do.ra.ga.do/dwe*.yo

現在我可以回家嗎？

B : 지금 가면 안 돼요. 일을 다 끝내고 가요.

ji.geum/ga.myo*n/an/dwe*.yo//i.reul/da/geun.ne*.go/
ga.yo

你現在不可以走。把工作都做完再走。

➤ 本單元詞彙

주차하다　ju.cha.ha.da　[動] 停車

동물　dong.mul　[名] 動物

만지다　man.ji.da　[動] 撫摸

집에 돌아가다　ji.be do.ra.ga.da　[詞組] 回家

일을 끝내다　i.reul/geun.ne*.da　[詞組] 結束工作

-(으)ㄹ 줄 알다　會…／能夠…

重點説明

1. 接在動詞語幹後方，表示知道做某事的方法或有其能力。
2. 當動詞語幹以母音或ㄹ結束時，就接「ㄹ 줄 알다」；當動詞語幹以子音結束時，就接「을 줄 알다」。
3. 「-(으)ㄹ 줄 모르다」則表示不知道做某事的方法或沒有其能力。

➤ 例句參考

바둑을 둘 줄 알아요?

ba.du.geul/dul/jul/a.ra.yo

你會下圍棋嗎？

영어 신문을 읽을 줄 모릅니다.

yo*ng.o*/sin.mu.neul/il.geul/jjul/mo.reum.ni.da

我不會讀英文報紙。

한복을 입을 줄 알아요?

han.bo.geul/i.beul/jjul/a.ra.yo

你會穿韓服嗎？

이 문제를 풀 줄 아는 사람이 없었어요.

i/mun.je.reul/pul/jul/a.neun/sa.ra.mi/o*p.sso*.sso*.yo

沒有人可以解開這個問題。

➤ 會話一

A：김치를 만들 줄 아세요?

gim.chi.reul/man.deul/jjul/a.se.yo

您會醃製泡菜嗎？

B：아니요, 김치를 만들 줄 몰라요.

a.ni.yo//gim.chi.reul/man.deul/jjul/mol.la.yo

不，我不會醃製泡菜。

➤ 會話二

A：운전을 할 줄 아십니까?

un.jo*.neul/hal/jjul/a.sim.ni.ga

您會開車嗎？

B：네, 며칠 전에 운전 면허를 땄어요.

ne//myo*.chil/jo*.ne/un.jo*n/myo*n.ho*.reul/da.sso*.yo

會，我幾天前考到駕照了。

➤ 本單元詞彙

바둑을 두다　ba.du.geul/du.da　〔詞組〕下圍棋

한복　han.bok　〔名〕韓服

풀다　pul.da　〔動〕解開

운전을 하다　un.jo*.neul/ha.da　〔詞組〕開車

며칠　myo*.chil　〔名〕幾天

-(으)려고 하다　打算(做)…

重點說明

1. 接在動詞語幹之後，表示說話者的意圖或計畫，為動作尚未發生的狀態。

2. 當動詞語幹以母音或ㄹ結束時，就接려고 하다；當動詞語幹以子音結束時，就接으려고 하다。

3. 可以連接過去型았/었，表示「過去的意圖、計畫」。

➤ 例句參考

한국어를 공부하려고 해요.

han.gu.go*.reul/gong.bu.ha.ryo*.go/he*.yo

我想讀韓語。

내일 스키장에 가려고 해요.

ne*.il/seu.ki.jang.e/ga.ryo*.go/he*.yo

明天我想去滑雪場。

기차가 가려고 합니다.

gi.cha.ga/ga.ryo*.go/ham.ni.da

火車要開走了。

다음주가 방학이라서 여행을 가려고 해요.

da.eum.ju.ga/bang.ha.gi.ra.so*/yo*.he*.ng.eul/ga.ryo*.go/he*.yo

因為下周是放假，我打算去旅行。

내일이 오빠의 생일이어서 선물을 사려고 해요.

ne*.i.ri/o.ba.ui/se*ng.i.ri.o*.so*/so*n.mu.reul/ssa.ryo*.go/
he*.yo

因為明天是哥哥的生日，我想買禮物。

박수진 씨는 방에 들어가서 자려고 합니다.

bak.ssu.jin/ssi.neun/bang.e/deu.ro*.ga.so*/ja.ryo*.go/ham.
ni.da

朴秀珍想回房間睡覺。

➤ 會話

A : 연휴에 무슨 계획이 있어요?

yo*n.hyu.e/mu.seun/gye.hwe.gi/i.sso*.yo

連假你有什麼計畫？

B : 연휴를 이용해서 운전을 배우려고 해요.

yo*n.hyu.reul/i.yong.he*.so*/un.jo*.neul/be*.u.ryo*.go/he*.yo

我想利用連假去學開車。

➤ 本單元詞彙

스키장　seu.ki.jang　[名] 滑雪場

기차　gi.cha　[名] 火車

연휴　yo*n.hyu　[名] 連假

계획　gye.hwek　[名] 計畫

이용하다　i.yong.ha.da　[動] 利用

-기로 하다　決定(做)…

重點說明

1. 接在動詞語幹後方，表示說話者的決心或決定，另外也可以表示和他人約好要進行的某種行為。

2. 기로後面的動詞「하다」可用「정하다(定下)」、「약속하다 (約定)」、「결정하다(決定)」等動詞代替。

➤ 例句參考

담배를 끊기로 했어요.

dam.be*.reul/geun.ki.ro/he*.sso*.yo

我決定戒菸了。

한국어능력시험을 보기로 했습니다.

han.gu.go*.neung.nyo*k.ssi.ho*.meul/bo.gi.ro/he*t.sseum. ni.da

我決定報考韓國語能力試驗了。

이혼하지 않기로 합의했어요.

i.hon.ha.ji/an.ki.ro/ha.bui.he*.sso*.yo

我們協議好不離婚了。

직장을 그만두기로 결정했어요.

jik.jjang.eul/geu.man.du.gi.ro/gyo*l.jo*ng.he*.sso*.yo

決定要辭職了。

술을 취하게 마시지 않기로 결심했어요.

su.reul/chwi.ha.ge/ma.si.ji/an.ki.ro/gyo*l.sim.he*.sso*.yo

我決定不再喝酒喝到醉了。

여름 방학에 한국 여행을 가기로 했어요.

yo*.reum/bang.ha.ge/han.guk/yo*.he*ng.eul/ga.gi.ro/he*.sso*.yo

暑假我決定要去韓國旅行。

다이어트를 엄격하게 하기로 결심했어요.

da.i.o*.teu.reul/o*m.gyo*.ka.ge/ha.gi.ro/gyo*l.sim.he*.sso*.yo

我決心要嚴格來減肥了。

이 제품을 다시 사지 않기로 정했어요.

i/je.pu.meul/da.si/sa.ji/an.ki.ro/jo*ng.he*.sso*.yo

我決定不再買這樣產品了。

➤ **本單元詞彙**

담배를 끊다　dam.be*.reul/geun.ta　[詞組] 戒菸
시험을 보다　si.ho*.meul/bo.da　[詞組] 考試
이혼하다　i.hon.ha.da　[動] 離婚
합의하다　ha.bui.ha.da　[動] 協議
직장　jik.jjang　[名] 職場

－아/어 보다 試著…

重點說明

1. 接在動詞語幹後方，表示試著做看看某一行為。

2. 可以結合時態았/었(過去)、겠(未來)一起使用。

3. 時常結合命令型一同使用，成為「－아/어 보세요」或「－아/어 보십시오」的型態，帶有委婉勸說的語感。

➤ 例句參考

제가 좀 더 생각해 보겠습니다.

je.ga/jom/do*/se*ng.ga.ke*/bo.get.sseum.ni.da

我再考慮看看。

제가 알아볼게요.

je.ga/a.ra.bol.ge.yo

我去了解看看。

이거 해 보고 싶어요.

i.go*/he*/bo.go/si.po*.yo

我想試看看這個。

에버랜드에 가 봤어요?

e.bo*.re*n.deu.e/ga/bwa.sso*.yo

你去過愛寶樂園了嗎？

➤ 會話一

A : 이거 인삼차예요. 한 번 마셔 보세요.

i.go*/in.sam.cha.ye.yo//han/bo*n/ma.syo*/bo.se.yo

這是人蔘茶。請您喝喝看。

B : 맛이 좋네요. 어떻게 팔아요?

ma.si/jon.ne.yo//o*.do*.ke/pa.ra.yo

味道不錯耶！怎麼賣？

➤ 會話二

A : 손님, 여기 바지들은 입어보시면 안 됩니다.

son.nim//yo*.gi/ba.ji.deu.reun/i.bo*.bo.si.myo*n/an/

dwem.ni.da

客人，這裡的褲子不可以試穿。

B : 아, 그렇습니까? 몰랐네요.

a//geu.ro*.sseum.ni.ga//mol.lan.ne.yo

啊～是嗎？我不知道呢！

➤ 本單元詞彙

생각하다　se*ng.ga.ka.da　[動] 思考／想

알아보다　a.ra.bo.da　[動] 了解／了聽

에버랜드　e.bo*.re*n.deu　[地] 愛寶樂園

인삼차　in.sam.cha　[名] 人蔘茶

모르다　mo.reu.da　[動] 不知道／不認識

－아/어 주다　給…做…

重點説明

1. 接在動詞後方，表示「為某人做某事」。

2. 當語幹的母音是「ㅏ，ㅗ」時，接「아 주다」；當語幹的母音不是「ㅏ，ㅗ」時，就接「어 주다」；하다類詞彙則接「여 주다」，結合起來成「해 주다」。

3. 若要對此人表示尊敬，則使用「－아/어 드리다」。

➤ 例句參考

전화 번호를 좀 가르쳐 주십시오.

jo*n.hwa/bo*n.ho.reul/jjom/ga.reu.cho*/ju.sip.ssi.o

請告訴我您的電話號碼。

다시 한 번 말씀해 주시겠습니까?

da.si/han/bo*n/mal.sseum.he*/ju.si.get.sseum.ni.ga

您可以再説一次嗎？

이거 좀 데워 주세요.

i.go*/jom/de.wo/ju.se.yo

這個請幫我加熱。

예쁘게 포장해주세요.

ye.beu.ge/po.jang.he*.ju.se.yo

請幫我包裝漂亮一點。

> 會話一

> A：다른 색 있으면 좀 보여 주세요.

　　da.reun/se*k/i.sseu.myo*n/jom/bo.yo*/ju.se.yo

　　如果有其他顏色，請給我看看。

> B：여기 흰색하고 파란색이 있습니다.

　　yo*.gi/hin.se*.ka.go/pa.ran.se*.gi/it.sseum.ni.da

　　這個有白色和藍色。

> 會話二

> A：아빠, 이걸 좀 사 줘요.

　　a.ba//i.go*l/jom/sa/jwo.yo

　　爸爸，買這個給我。

> B：우리 딸 이거 좋아하구나. 알았어. 다 사 줄게.

　　u.ri/dal/i.go*/jo.a.ha.gu.na//a.ra.sso*//da/sa/jul.ge

　　我女兒喜歡這個啊！知道了，都買給你。

> 本單元詞彙

전화번호　jo*n.hwa.bo*n.ho　[名] 電話號碼

말씀하다　mal.sseum.ha.da　[動] 説(말하다的敬語)

데우다　de.u.da　[動] 加熱

포장하다　po.jang.ha.da　[動] 包裝

색　se*k　[名] 顏色

我的菜韓文
基礎實用篇
（50開）

旅遊必備
的韓語一本通
（50開）

初學者必備
的日語文法
（50開）

不會韓語四十音就不能說韓語嗎？
提供中文發音輔助，讓初學者的你立即講出
一口道地的首爾腔韓語！

你想去韓國旅行嗎？
本書整理出旅遊會話九大主題，入境、住宿、
購物、觀光⋯不管你是跟團還是自助旅行，
讓你遊韓國更容易。

精選最常用的日語文法，用充實的例句舉一
反三，讓您的日語實力立即升級。

永續圖書
線上購物網

www.foreverbooks.com.tw

◆ 加入會員即享活動及會員折扣。

◆ 每月均有優惠活動，期期不同。

◆ 新加入會員三天內訂購書籍不限本數金額，
即贈送精選書籍一本。（依網站標示為主）

專業圖書發行、書局經銷、圖書出版

永續圖書總代理：

五觀藝術出版社、培育文化、棋茵出版社、達觀出版社、
可道書坊、白橡文化、大拓文化、讀品文化、雅典文化、
知音人文化、手藝家出版社、璞坤文化、智學堂文化、語
言鳥文化

活動期內，永續圖書將保留變更或終止該活動之權利及最終決定權。

國家圖書館出版品預行編目資料

速攻初級韓語 / 雅典韓研所企編
-- 初版 -- 新北市：雅典文化，民102.10
面 ； 公分. -- (全民學韓語 ；16)
ISBN 978-986-6282-95-9(平裝附光碟片)
1. 韓語 2. 語法 3. 句法
803.26   102015773

全民學韓語系列 16

速攻初級韓語

編著／雅典韓研所
責編／呂欣穎
美術編輯／林于婷
封面設計／劉逸芹

法律顧問：方圓法律事務所／凃成樞律師

總經銷：永續圖書有限公司
永續圖書線上購物網
www.foreverbooks.com.tw

CVS代理／美璟文化有限公司
TEL：(02) 2723-9968
FAX：(02) 2723-9668

出版日／2013年10月

 雅典文化

出版社　22103　新北市汐止區大同路三段194號9樓之1
TEL　(02) 8647-3663
FAX　(02) 8647-3660

速攻初級韓語

雅致風靡　典藏文化

親愛的顧客您好，感謝您購買這本書。即日起，填寫讀者回函卡寄回至本公司，我們每月將抽出一百名回函讀者，寄出精美禮物並享有生日當月購書優惠！想知道更多更即時的消息，歡迎加入"永續圖書粉絲團"您也可以選擇傳真、掃描或用本公司準備的免郵回函寄回，謝謝。

傳真電話：（02）8647-3660　　　　電子信箱：yungjiuh@ms45.hinet.net

姓名：		性別：	□男　□女
出生日期：　年　月　日		電話：	
學歷：		職業：	
E-mail：			
地址：□□□			
從何處購買此書：		購買金額：	元
購買本書動機：□封面 □書名 □排版 □內容 □作者 □偶然衝動			
你對本書的意見： 內容：□滿意□尚可□待改進　編輯：□滿意□尚可□待改進 封面：□滿意□尚可□待改進　定價：□滿意□尚可□待改進			
其他建議：			

總經銷：永續圖書有限公司

永續圖書線上購物網
www.foreverbooks.com.tw

您可以使用以下方式將回函寄回。

您的回覆，是我們進步的最大動力，謝謝。

① 使用本公司準備的免郵回函寄回。

② 傳真電話：（02）8647-3660

③ 掃描圖檔寄到電子信箱：

yungjiuh@ms45.hinet.net

沿此線對折後寄回，謝謝。

`22103`

雅典文化事業有限公司　收

新北市汐止區大同路三段194號9樓之1

雅致風靡　典藏文化